最後の晩ごはん

かけだし俳優とピザトースト

椹野道流

角川文庫
20998

登場人物

イラスト／くにみつ

淡海《おうみ》五朗《ごろう》

小説家。高級住宅街のお屋敷に住んでいる。「ばんめし屋」の上顧客。

夏神《なつがみ》留二《りゅうじ》

定食屋「ばんめし屋」店長。ワイルドな風貌。料理の腕は一流。

五十嵐《いがらし》海里《かいり》

元イケメン俳優。
現在は看板店員として料理修業中。

最後の晩ごはん　かけだし俳優とピザトースト

里中《さとなか》李英《りえい》

海里の俳優時代の後輩。真面目な努力家。舞台役者目指して現在充電中。

ロイド

眼鏡の付喪神。海里を主と慕う。人間に変身することができる。

五十嵐《いがらし》一憲《かずのり》

海里の兄。公認会計士。真っ直ぐで不器用な性格。

最後の晩ごはん かけだし俳優とピザトースト

五十嵐《いがらし》奈津《なつ》

獣医師。一憲と結婚し、海里の義理の姉に。明るく芯の強い女性。

仁木《にき》涼彦《すずひこ》

刑事。一憲の高校時代の親友。「ばんめし屋」の隣の警察署に勤務。

プロローグ

もしもし、カイリ？

あたしよ、あたし。

ちょっと！　振り込め詐欺なんかじゃないわよ。失礼ね。

大倉《おおくら》。大倉美和《みわ》よ。

まさか、事務所の社長の声と名前を忘れたわけじゃないでしょうね。

元事務所？

口が減らないわねっていうか、元がつくのは、事務所じゃなくてあんたのほうよ。

元所属タレントでしょうが。

クビにしたタレントにわざわざ連絡してあげてるんだから、ちょっとは感謝しなさいよね。

はい？　今、忙しい？

何してんの？

へ？　店の仕込み？

あら、まだ真面目に定食屋さんで働いてるの？

うっそぉ。マジで⁉

あ、ゴメンゴメン。

だってあんた、芝居以外のことには、てんで飽き性だったじゃない？

ほら、テレビで料理コーナーを持たせてもらえることになったとき、あんた、大喜びでさ。

「よしっ、俺は今日から毎晩自炊する」なんて殊勝《しゅしょう》なことを言ったくせに、三日どころか、二日目に包丁で指先ちょっと切っただけで諦《あきら》めちゃったじゃないのよ。

そのあとは、ずーっと料理ができるフリばっか上手《うま》くなって。

ああ、千切りだけはそこそこ頑張ってたっけ。

手元を見ずに千切りできたら、かっこいいもんね。そういうとこだけは押さえてたわね。あれは料理っていうより、芝居の域よねえ。やっぱり芝居だけ。

今回も、囲み取材で「この店で働いてます」なんて言っちゃったから、半年くらいは保《も》つだろうけど、そろそろ嫌になって辞めちゃっただろうなって思ってたのよ。

だから、そろそろ居場所を確認しといたほうがいいかなーと思って、電話してみたわけ。

ん？　用事はそれだけかって？

本来、あたしには、あんたに連絡する用事なんかないわよ。

当たり前でしょ？　クビにしたタレントなんだからね、あんたは。

だけど、あんたの義理堅いファンが、未《いま》だにプレゼントやらファンレターやら送ってくるからさ。

前に、バレンタインのチョコ、転送してあげたでしょ？　あんな感じで、また、ちょこちょこと溜《た》まってきたのよ。

わざわざクビにしたタレントに転送してやる義理はないけど、かといってこっちで勝手に処分すんのも、ちょっと可哀想じゃない。

クビクビって何度も言うなって？　だってそうなんだもの。仕方ないわ。

何の話だっけ。ああそう、プレゼントよ。中くらいの段ボール箱いっぱいになったから、また送るわ。

ホントに、前に聞いた……何だっけ。「まんぷく亭」？

違う？　ああそうそう、「ばんめし屋」、それそれ。似たようなもんじゃない。

まだ、そこ宛《あて》でいいのね？

わかった。

着払いでいいって？

あら、やけに殊勝なこと言うようになったじゃないの。

定食屋で働いて、一般常識が少しは身に付いた感じ？

違う、からかってるんじゃなくて、褒めてるの。

以前のあんたは、そんなことに気を遣えるような子じゃなかったもの。

ええ、そう。用事はそれだけよ。

あ、でも。

ううん、用事じゃない。これは余計なお世話っていうか老婆心っていうか……。

違います。老婆心っていうのは、「必要以上の親切心」って意味の言葉！　あたしが自分でババアですって言ってるんじゃないわよ。

安心した。相変わらず、ほどよくお馬鹿だわね、あんた。

そうじゃなくて。

あんたが定食屋の仕事を頑張ってるのはいいと思うし、この先どんな人生を選ぼうとも、あたしが口出す問題じゃないけど……それでも、お肌の手入れだけはちゃんとしときなさいよ。

いっぺん劣化しちゃったお肌は、そうそう元には戻らないんだから。

あと、体重管理もね。あんまりのびのび横に育っちゃ駄目よ。

わかってる。あんたをクビにした事務所の社長が言うこっちゃないわよね。

だけどあたし、前にも言ったけど、あんたの才能はほんとに買ってたんだから。

今だって、その気持ちは変わってないわ。

そう、言ったことがあったわね。あんたは大根役者だって。意外と根に持つほうね。

だけど、自分でもわかってるはずよ。

あんたは、決して演技派俳優じゃない。演技はむしろ下手なほうかも。

それなのに魅力的だから、あんたは凄《すご》いのよ。

ミュージカルやってた頃のあんたは、役に近づこう、なりきろう、いつも自分のベスト以上のものを出そうって、なりふり構わず頑張ってた。

そういうの、お客さんに真っ直ぐ伝わるものよ。

だからこそ、あんなに人気が出たの。

あの頃のあんた、もう死んだわけじゃないでしょ？

あんたの中に、まだいるんでしょ？

わかんねえって、自分のことじゃないのよ。

まあいいわ。とにかく、何かがまかり間違って、こっちの世界に帰ってこられるようになったとき、お肌ボロボロ、身体ユルユルじゃどうにもならないんだから。

気をつけて損することはないって忠告しとく。

あーはいはい、仕込み中なんでしたっけ。長々失礼しました。

じゃあ……ん？


何よ、あらたまって。

あんたから「ありがとう」なんて言われたの、何年ぶりでしたっけ？

前の「ありがとう」から一年も経ってない？　そうかしらぁ。
不覚にもちょっとじーんとしちゃったじゃない。
やめてよね、そういう不意打ち。
ちょっといい子になり過ぎじゃない？　気持ち悪いわ。
じゃあ……また、万が一、気が向いたら連絡するかも。
ワイドショーの画面でチラッとしか見てないけど、あの男前の店長さんによろしくね。
あの人も、もしかしたらテレビ映えするんじゃないかし……。
あ。切られちゃった。
目上の人が切るまで待ちなさいって、今度叱ってやらなきゃ。
でも、凄く元気そうだったな、あいつ。
うん……よかった。

一章　ギラギラの太陽が

「あっつい！」

目深に被《かぶ》っていたキャップを外し、額の汗をTシャツの袖《そで》で拭《ぬぐ》いつつ、海里《かいり》は実感がこもりすぎた声で言った。

太陽は、お盆が過ぎても、八月の下旬に差し掛かっても、暴力的な陽射しを少しも和らげはしない。むしろどんどん増しているのではないかと思われるほどだ。

道路に敷き詰められたアスファルトも、連日の猛暑日に溶け出しそうになっている。

まだ何も入っていないエコバッグを小さく畳んだものを団扇《うちわ》代わりに、顔をバタバタ扇《あお》ぎながら再び歩き出した海里の胸元から、のんびりした声が聞こえた。

『毎日のように申し上げておりますが、夏は暑いものでございますよ』

それは言うまでもなく、Tシャツの襟首に引っかけた、セルロイド眼鏡……付喪神《つくもがみ》のロイドが発したものだ。

海里は、道行く人に怪しまれないよう、早口の囁《ささや》き声で言い返した。

「わかってるっつの。言わずにいられないんだよ、暑すぎて」

『それはなんともこらえ性がないことで』

「のうのうと俺に運ばれてるお前に言われたくねえわ。この炎天下を一緒に歩いてから言えよ」

そんな海里の不平を、ロイドは笑って受け流す。

『歩いてもようございますが、地面に立った瞬間、足元よりグニャグニャと折れ曲がるやもしれません。なにぶん、年経たセルロイドは繊細な生き物でございますからね』

「セルロイドは普通、生き物じゃねえし！　でも、グニャグニャはちょっと困るな。通行人の皆さんがパニックになる」

『で、ございましょう？　それに、海里様の胸元にいようが人の姿で地に立とうが、暑さに変わりはございません。わたしも海里様同様、けなげに猛暑に耐えているのでございますよ』

「どのへんがけなげだよ。まったくもう。お前、元気過ぎ」

驚くほど舌が回る眼鏡に口では勝てないと知っている海里は、早々に言い合いを切り上げ、のろのろと鈍い足取りで歩き続ける。

彼らが今いるのは、店から徒歩十分余り、JR芦屋《あしや》駅近くである。

普段の店用の食材調達にも足を延ばす界隈《かいわい》ではあるが、今日の目的は仕事絡みではない。完全なるプライベートの買い出しだ。

話は一時間前、今日の午後一時過ぎに遡《さかのぼ》る。

「うう……おあよ」

起床し、ざっとシャワーを浴びてから階下へ向かった海里は、既にカウンターの中で料理の仕込みを始めていた夏神《なつがみ》に、昼だが朝の挨拶《あいさつ》をした。

早朝に就寝する都合上、挨拶の言葉が半日ずれてしまうのはやむを得ない。

まして海里は、かつて芸能界にいた身だ。昼も夜もないあの特殊な業界では、二十四時間、挨拶の文句は「おはようございます」一択である。

海里にとっては、昼におはようを言うくらい、不思議でも何でもない。

「おう、おはようさん」

仕込み中なのでタンクトップ姿の夏神は、やや小振りな包丁を持ったままの右手を軽く上げ、挨拶を返してきた。

それだけの動作で、太い二の腕には見事な筋肉が盛り上がる。

かつては登山、今はボルダリングと日々の仕事で鍛え続けた努力の賜《たまもの》だが、本人曰《いわ》く、「ちょっと動いただけで筋肉が増える」体質も貢献しているらしい。

「あっ、アジ、もう捌《さば》き始めてるんだ？　俺にやらせてくれるって昨日言ったのに！」

夏神の手元を見て、ようやく眠気が去ったらしい。海里は慌ただしくエプロンをつけながら、カウンターの中に入った。

夏神は、手を休めることなく、中くらいのサイズのアジを大きな手で器用に開きながら、ぶっきらぼうに応じた。

「お前がなかなか起きてけえへんからやろが。待っとったら開店時間になってまうと思うて、やり始めたとこや」

低い声には、寝坊を軽く咎《とが》める調子がある。海里は手を洗いながら、素直に謝った。

「それについては、マジでゴメン。アラーム鳴って、いったん目は覚めたんだけど、どうしても起き上がれなかった。で、二度寝しちゃった」

こういうときに下手な嘘をつかないところが、海里の取り柄の一つである。

「なんや、よう寝られへんかったんか？　お前の部屋にもエアコンつけたったから、今年の夏は去年より快適やろ？」

訝《いぶか》しげな夏神に、海里はすまなそうに頷《うなず》く。

「うん、超快適。寝るときもつけさせてもらってるし、おかげでちゃんと眠れてる。でもやっぱ、なんとなく身体が怠《だる》いっつか重いっつか」

そう言って首をコキコキと左右に倒す海里に、夏神も納得顔で同意した。

「ああ、それは何とのうわかる。エアコンつけんと蒸し暑うて眠れんし、タイマーで切れたら暑うて目が覚めてまうし、かと言うてつけっぱなしで寝ると、起きたとき確かに怠いわな。やっぱし身体が冷えるんかもしれんなあ」

「だよね？　でもまあ、あっついシャワーでシャッキリしてきたから、一応だいじょぶ。遅まきながら、魚、やってもいい？」

　夏神は瞬く間に見事な開きになったアジをアルミのバットに入れると、一歩脇に退いた。

「ほな、やってみ。魚屋のおっちゃんが今日は暇やったからて、ぜいごとウロコを取って持ってきてくれはったから、ずいぶん楽やで」

「お、ラッキー。ぜいご取るの、俺、苦手なんだよね。ゴリゴリしてなんか怖い。鎧《よろい》っぽいじゃん？」

　そんなことを言いながら、海里は夏神から贈られたペティナイフを手に、まな板の前に立った。

　アジの処理は、これが初めてではない。アジフライは「ばんめし屋」の人気メニューなので、月に何度かは登場する。

　だが、海里はまだ夏神ほど上手に魚をおろすことができず、どうしても時間がかかってしまうし、仕上がりが美しくないこともある。

　夏神の厳しいチェックにより「これは客には出せん」と判断されたものは、まかないに回すしかない。申し訳なさと時間的制約から、いつも数尾しか処理できなかったが、今日こそは残りを全部やってやろうと意気込んでいるせいで、海里の撫《な》で肩《がた》気味の両肩は、ほぼ水平になってしまっている。

　夏神は洗った両手を綺麗《きれい》に拭《ふ》き上げてから、そんな海里の肩をポンと叩《たた》いた。

「そない力んでしもたら、やれることもやれんようになる。慌てんでええから、丁寧にな。スピードは大事やけど、まずは……」

「アジに失礼のないように捌くのが大事」

夏神の口癖を先回りして言った海里に、夏神は腕組みして深く頷く。

「せや。ここに並んどんのはみんな、本来やったらまだまだ海ん中で泳げたし、泳ぎたかったやろう魚や。最高の弔いになるように、立派に料理せんとあかん」

「うっす」

深呼吸して気持ちを落ち着け、海里はアジを一尾、まな板の上に置いた。

魚の腹を上にして立て、小さな腹びれをすくうように下からナイフを入れ、魚体を軽く回転させながら刃を進め、頭を切り落とす。

夏神が教えてくれた、プロの切り方だ。こうすることで、食べるとき、口に当たって気になる固い部分を残さず取り除きやすいのだという。

それから腹を切り開き、内臓を出して綺麗に水洗いし、ペーパータオルで軽く拭いて、やっと準備完了といったところだ。

他の作業に移ると思いきや、夏神は、海里の傍らに立って、じっと作業を見守っている。どうやら、これまで教えたことを海里がきちんと覚え、実行できているか、小テストを実施するつもりらしい。

(肩に力入れんなって言われても、そんなにガン見されたら無理じゃん。夏神さん、自分の目力《めぢから》を過小評価し過ぎだよ)

そんな不平は胸にしまって、海里は緊張しつつも、何度か肩を上下させてから、本格的に魚を開きにかかった。

アジの背のほうから、ナイフの刃先に中骨の硬さを感じながら切り込みを入れていく。

ザリ、ザリ……という小気味よい音を立てて腹骨を付け根から切り離し、そのまま腹側まで柔らかい身を切り広げていく。

最初にチャレンジしたときは、この時点でもう身をグチャグチャにしてしまい、夏神に「誰でも最初はヘタクソやけど、思うた以上にアカンな」とリアルに舌打ちされたものだ。

今は、まだまだおっかなびっくりながら、中骨にはほとんど身が残っていないし、切り口も美しい。

やがて、腹側の皮だけを残して、アジの身は綺麗に開きになった。

あとは、アジを裏返し、背から中骨に沿って再びナイフを入れ、身と中骨を完全に切り離し、長い腹骨を剝《す》き切れば、アジの背開きの完成である。

「ふー」

とりあえず一尾やり遂げ、溜《た》め息《いき》をついた海里に、夏神はムスッとした顔のままで腕組みを解《と》いた。

「とろくさいけど、まあまあ綺麗に仕上がるようになったやないか。せやけど、魚に触りすぎやな。あんまし触りまくったら、手ぇの熱で魚の鮮度が落ちる。身ぃも傷むで」

「あー、そういう問題もあったか。俺、ちょっとベタベタ触りすぎ？」

「おう。魚から、ハラスメントで訴えられる程度にはな」

「魚《ぎょ》ハラ……。魚ハラはやべえな。次はもっと手数を減らしてやってみるようにする。けど、やっぱ背開き、難しい」

首を捻《ひね》る海里に、夏神は不思議そうに問いかけた。

「なんや、腹開きやったら簡単か？」

「簡単ってわけじゃないけど、俺は、そっちのほうがやりやすい気がする。そういや、一夜干しのときは、腹開きにしたよな？」

「そやったかな。一夜干しはどっちゃでもええねんけど、フライのときは背開きのほうがええと思うで」

「なんで？」

「背開きにしたら、中骨と一緒に背びれと背中側の小骨が自然と取れるやろ。腹開きやと、わざわざ切らんとアカンからな」

「あっ、なるほどな。確かにそうだわ。じゃ、やっぱりマスターしなきゃ」

「せやな。まあ気張りや」

夏神はニヤッとして、野菜の下ごしらえに取りかかろうとした。だが、海里の「あれ」という意外そうな声に、動きを止めて振り返る。

海里は、発泡スチロールの保冷容器に入ったアジを見て、小首を傾げていた。夏神は、太い眉根を軽く寄せる。

「あ？　どないした？　でかぁて立派なアジやろ」

「うん、それはホントにそう思うし、これをフライにしたら大迫力だと思うんだけど、なんか数が少なくね？」

鋭い指摘に、夏神はたちまち情けない顔になった。

「魚は、余ったからまた次の日にっちゅうわけにはいかんからなあ。勿論《もちろん》、焼いて解《ほぐ》して酢の物にするとか、無駄にせん方法はある。せやけどやっぱり、味は落ちてまうやろ」

「うん。……あ、もしかして」

海里はハッとして夏神を見た。夏神は、重々しく頷く。

「今日も暑いし、どうせお客さんが少ないやろと思うてな。はなから少なめに仕入れたんや」

「あー……だよなあ」

海里も力なく首を振った。

今年の夏は、とにかく暑い。

ロイドの言葉を借りれば「夏は暑いもの」なのだが、いくら何でも度を超している。

もう二週間以上、日中は三十五度を超える猛暑日が続き、しかも夜になってもさほど気温が下がらない。いわゆる熱帯夜だ。

これまでは夜になると気温が少し下がり、夕涼みがてらの客が訪れていた「ばんめし屋」だが、ここしばらくは閑古鳥が鳴きっぱなしである。

しかもこの猛暑で、海里ばかりか夏神まで夏バテしてしまい、客の少なさも相まって、どうにも元気がない。

「梅雨やいうて暇になって、暑いいうて暇になっとったら、洒落《しゃれ》にならんな。店、潰《つぶ》さんとやっていけるやろか」

珍しく弱気な発言をする夏神に、海里も一緒になってしょんぼりした。

「俺も、さすがにちょっと不安。けど、わかるよ。こんなくそ暑い中、わざわざ飯食いに出ようなんて思わないもん。家で素麺《そうめん》を茹《ゆ》でるのさえ面倒臭いんじゃないかな」

「素麺は、茹でるんもざるに上げるんも、熱湯で湯気もうもうやからな。食うだけの奴は涼しげでええやろけど、作るほうは汗だくや。たまったもん違うやろ」

「だよねー。俺も実家にいた頃、夏休みはよく、『また今日も素麺かよ〜』って母親や兄貴に言ってたけど、今はもう、膝《ひざ》におでこがつくくらい謝りたい。素麺茹でるのは大変だって、ここに来て自分でやってみて、初めてわかった。見るのと食うのは涼しげだけど、作るのは灼熱《しゃくねつ》地獄だわ」

しみじみと家族への過去の暴言を悔いる海里に、夏神はろくに手元を見ず、大きめの包丁でキャベツを千切りし始めながら同意した。

「せやなあ。俺もガキの頃は、毎日飯を作ってもらうことにさほど感謝もせんと、旨《うま》いのまずいの好き放題言うとったわな。我ながらクソガキや」

「うん。母親がパート仕事から帰って、疲れててもひと休みすらせずに大急ぎで作ってくれた飯に、俺、文句ばっかし言ってたな。ホント、悪いことした。……今さ、兄貴も奈津《なつ》さんも働いてるから、食事担当は、やっぱ家にいる母親なわけ」

「おう」

「でも、俺が家にいた頃と違って、飯作るのがすっげー楽しいんだってさ」

「へえ。今は、専業主婦になりはったからか？」

「それもあるけど、リアクションがあるからって、さらっと電話で言われちゃってさ。反省しかないよねー。すいません以外、何も言えなかったよ」

自嘲《じちょう》めかしてそう言いながらも、海里の目と指先は、注意深くアジの腹骨を探っている。

「リアクション？」

「兄貴は口が重いから、昔も今も『旨かった』くらいしか言わないらしいけど、奈津さんがさ。母親が持たせた弁当を食ってる自撮りと一緒に、毎度、おかずの感想が実況で来るんだって」

夏神は、ちょっと面白そうにギョロ目を見張った。

「そらまた。あの人は、意外とマメやし今どきやな」

「せっかくだから、母親が作ってくれた弁当を記録に残したいんだってさ。奈津さん、そういうのにずっと憧《あこが》れてたんじゃないかな」

海里の説明に、夏神は「ああ」と短く応じる。

奈津は実の親の顔を知らず、ずっと施設で育った女性だ。海里の兄、一憲《かずのり》と結婚することで、彼女は初めて「母親」を持つことになった。

一方の海里の母親の公恵《きみえ》も、実子は二人とも息子なので、娘を持つのは初めての経験である。

二人とも慣れない同士ながら、一つ屋根の下で心を通わせようと互いに努力し、今はもう実の母娘《ははこ》のように打ち解け合っている。

たまに海里が実家を訪れると、公恵と奈津はただ仲良しなだけでなく、けっこうフランクな口論もするようになっていて驚かされる。むしろ海里が気後れしてしまい、借りてきた猫状態になるほどだ。

「あと、晩飯を食わせてるときも、奈津さん、最近では嫌いなものとか苦手なものとかも正直に言うようになったから、母親も、好き嫌いを把握したり、偏食を叱ったりするんだってさ。そんなやり取りが凄《すご》く楽しくて、作りがいがあるんだろうな」

夏神は、海里の母親に同調して深く頷《うなず》く。

「そらそうや。俺らかて、お客さんが料理の感想を言うてくれるんが、何よりありがたいし嬉《うれ》しいもんやからなあ。そら、食うてはる顔見たら、気に入ったかどうかはだいたいわかる。せやけど、言葉は別格や」

「そうそう。旨かったってのが最高だけど、イマイチだったってのも、理由つきで教えてもらえるとありがたいなって思う。リアクション、大事だよな。思えば、テレビで料理の真似事をしてたときだって、褒められりゃ嬉しかったもん。今はなおさらだよ」

実感のこもった声でそう言いつつ、海里はさっきよりは手早く、できるだけ魚の身に触らないように気をつけながらアジを開いていく。

刻んだキャベツを大きな手で摑《つか》んでザルに移し、夏神はサラリと言った。

「お前はまだ手遅れ違うやろが。実家で飯食うときに、お母さんやお兄さんに、ちゃんと感想を言うたらええ。感謝も存分にしたらええ。っちゅうか、ちゃんとせえよ」

「……あ」

彼の声に滲《にじ》む苦さに気づき、海里はハッとした様子で手を止めた。夏神を見る海里の顔には、いかにもしまったという表情が浮かんでいる。

「ゴメン。俺、無神経なこと言った。夏神さんのご両親……」

夏神はホロリと笑って、広い肩をそびやかした。

「アホ、気ぃ遣わんでええわ。俺も両親の墓参りに行ったら、よう一緒に食うた旨い飯の話をしよる。死んでからなんは残念やけど、感謝の気持ちはどうにかこうにか空の上に伝わっとると思いたいんや。線香の煙に乗ってな」

「ん……うん。俺もそうだと思う。夏神さんが旨いもん作ったり食ったりしてるの、きっと空の上から安心して見てると思う。ご両親だけじゃなくて、師匠も」

亡き両親のことを笑顔で語る夏神に、海里は神妙な顔で頷く。

「せやな。俺がしっかり両足踏ん張って生きとるとこ、見てもらわなあかんな。作って、食わせて、自分も食うて」

夏神は寂しい笑顔のままでキャベツの千切りを再開したが、ふと手を止めてぽつりと言った。

「ん？　いや、待てや。そう言うたら俺らもここんとこ、ろくなもん食うてへんな」

『そのとおり！』

海里が口を開くより早く元気のいい声が聞こえたと思うと、カウンターの向こうに初老の英国紳士が現れた。

栗色の白髪交じりの髪をきちんと分けて撫《な》でつけ、この暑さだというのにスーツを着こなしたその男性は、言うまでもなくロイドである。

海里が愛読しているファッション雑誌を拝借して研究したようで、この夏のロイドは、淡いブルーのサマースーツなどを纏《まと》い、なかなかの伊達男《だておとこ》ぶりを見せている。

ただ、そこはどうしても譲れないポイントなのか、シャリッとした涼しげなジャケットの下に何故かニットベストを着込んでいるので、見る者の涼感は七割減といったところだ。

本人は付喪神《つくもがみ》なので、暑さ寒さが人間ほどはこたえないらしく、ロイドはいつもと同じ元気いっぱいの顔でカウンターに両手をついた。

「今日という今日は言わせていただきます。お二方とも食に携わるお仕事に就いておられるというのに、昨今の食生活の荒廃ぶりには目に余るものがございますよ」

いかにも腹に据えかねたといった風に、ロイドは白人特有の彫りの深い顔に不満の表情を浮かべ、ぼんやり自分を見ている二人に向かってまくし立てた。

「なんですか。お二方そろって、毎日毎日食欲がないと仰《おっしゃ》り、お仕事以外ではろくに調理もせず、冷やご飯にお漬物を載せ、冷たいお茶をかけてすすり込んだり……」

夏神は、決まり悪そうに人差し指で鼻の下をポリポリと掻《か》く。

「旨いで、冷や茶漬け」

「そういう問題ではございません。栄養というものを、何とお心得ですか」

「う。まあ……ちーとばかり、蛋白質《たんぱくしつ》は足らんかもやなあ」

「少しどころではございませんでしょう。海里様も、隙あらば冷や奴《やっこ》や残り物の酢の物で食事をお済ませになってしまって」

「さらっと喉《のど》越しのいいものしか食いたくないんだよ。でも冷や奴のために葱《ねぎ》くらいは刻むし。何なら鰹節《かつおぶし》もパラッとかけるし。完全食っしょ。お酢は身体にいいっていうから、酢の物とかいいんじゃね？」

「何がよいものですか」

海里の抗弁をバッサリ切り捨て、ロイドは気障《きざ》に肩を竦《すく》め、大仰に首を横に振った。

「ああ、嘆かわしい。それにお付き合いせざるを得ない、この哀れな眼鏡のこともお考えくださいませ。わたしはお二方より遥《はる》かに年上なのでございますよ？　そのわたしが、こうして元気満々、食欲もりもりでございますのに、定食屋で寝起きし、勤労していながら、何一つ美味なものが供されぬ悲しみといったらもう」

大仰に袖《そで》で涙を拭《ぬぐ》うふりをするロイドをうんざりした横目で見やった海里は、ふと何かを思い出した様子で首を捻《ひね》った。

「食欲もりもり……。そういやお前、もしかして今朝、アメリカンドッグを買い食いしてた？　しかも、俺の枕元で三角座りして食ってた？」

怖々訊《たず》ねた海里に、ロイドは力強く首肯する。

「はい！　近所のローソンまでは、海里様とご一緒でなくても、ギリギリ行けることが判明致しましたので！　物足りなさに耐えかね、背に腹は替えられぬと、夏神様に頂戴《ちょうだい》したお小遣いを握り締めて買いに走りました次第で」

「俺、てっきりあれは夢だと思ってた。マジか……」

「マジでございます。アメリカンドッグは、安価でありながら満足度の高い、実にコスパのよい食べ物でした」

理路整然と語るロイドに、海里は虚無を絵に描いたような顔つきになる。

「コンビニにひとりで買い物に行く眼鏡って、お前が史上初だろ。つか、夏神さんに貰《もら》った小遣いって言った？　俺からもせしめたよな、こないだ」

「それはともかく！」

海里の追及をしれっとかわし、ロイドは夏神と海里の顔を交互に見て、力強く言った。

「お二方とも、そのように生気のない有様は、食生活の荒廃が招いたものでございましょう！　確かに前の主《あるじ》も、夏は食欲が落ちると嘆いておいででしたが、お二方はまだまだお若いのですから、暑さになど敗北している場合ではございません。料理人がそのような体たらくでは、お客様の足が遠のくのも当然でございましょう」

「うっ」

「うぐっ」

厳しいがすこぶる真っ当なロイドの指摘に、夏神と海里は順番にみぞおちを押さえる。

「そうは言うけどさあ、夏バテはけっこうきついもんだぜ、ロイド」

海里はなおも弁解したが、夏神はしばらく唸《うな》った後、大きな拳《こぶし》でステンレスの調理台をどんと叩《たた》いた。

ボウルの中の雲のように軽い千切りキャベツの山が、その勢いで小規模に崩れる。

それに構わず、夏神は、まるでロイドの熱意が半分乗り移ったような、久々に腹に響く太い声で言った。

「ロイドの言うとおりや。お客さんに旨《うま》い飯を食わすんが仕事の俺らが食欲不振て、アカンにも程がある。話にならん！」

いきなり熱血モードに入った夏神についていけず、海里は軽くのけぞる。

「それはそうだけど、実際、何もかも億劫《おっくう》なところ、仕事しなきゃいけないからって、どうにか無理やりに飯っぽいものを食ってるんじゃん。そうじゃなかったら俺、三食アイスでいいよ。ガリガリ君で秋まで生きるよ。しょうがないって。夏だもの」

「何をみつをみたいなこと言うとんねん。しょうがないやない。俺らが食えん状態で、他人様《ひとさま》に食わせる旨い飯が作れるかっちゅう話や。なあ、ロイド！」

「まさにそれ！　そこでございますよ！」

ロイドも青春ドラマのラグビー部監督のように、両の拳を握りしめて力説する。海里は、気障に肩を竦めて嘆息した。

「そんなこと言ったって……。まさか涼しくなるまで店を閉めるつもり？」

「アホか。夏バテのせいやのうて、ほんまもんの財政難で飯食われんようになるわ」

ようやくいつもの力強さを取り戻した夏神は、やけにきっぱりと「こういうときこそ、旨いもん食わなアカン」と言い放った。

海里とロイドは、キョトンとした顔で夏神を見る。

「旨いもんて……食欲ないのに？」

「無論、わたしとしては大賛成でございますが、具体的に何を召し上がるおつもりでございましょう？」

するとと夏神は、実に簡潔にこう宣言した。

「テキや！　テキ焼くぞ」

海里の涼しげな目がまん丸になる。

ーテキって……夏神さんの師匠が言ってた、『ビフテキ』のこと？　つまり、ステーキ？　でもエコノミーに鶏？　豚？　まさか……マジで牛⁉」

期待を込めた海里の問いに、夏神は憤然と頷《うなず》く。

「この場合は、断然、牛や！　ビフテキは、いちばん肉食うた〜っちゅう気分になれるやろ。人間、肉を食うたら元気になる。世の中のご長寿さんには、肉好きが多いやろ」

根拠があるような微妙なような夏神の言葉に、海里は不安げに首を捻った。

「わー、すっげえ力強い……。けど、こんなにバテてるのに、食えるかな、ステーキなんて。普段なら、喜びの舞を披露するところだけど」

「焼いたら食いたなる。そういうテキを焼くんが、腕っちゅうもんや」

そう言って厚い胸板を叩いてみせた夏神は、カウンターの上に置いてあった財布を開き、ちょっと躊躇《ためら》ったものの勢いよく一万円札を抜いて、気合いの入りまくった顔で海里に差し出した。

「ほれ、軍資金や」

海里も、鼻先に突きつけられた紙幣を恭しく両手で受け取る。

「うおおお。諭吉《ゆきち》じゃん！　いいの？」

「おう。どうせやったら景気づけに、竹園《たけぞの》でそこそこええ肉買《こ》うてこい」

「おお！　かしこまりました！　お任せくださいませ」

ロイドは張り切って、さっきの夏神を真似てこちらは貧弱な胸を叩いてみせる。

「おいおい、任されたのは俺だっつの。でもまあ、そんじゃ行きますか」

海里は紙幣を折りたたみ、ジーンズのポケットにねじ込んだ。

「あっ、じゃあアジは……」

「俺がやっといたる。お前はロイドと肉を買うてこい。まかないにテキ食うんやったら、店開ける前にせんとな。はよせんと時間ないで」

「わかった！　そんじゃ、あとはよろしく」

確かに夏神の言うとおり、夏バテで燃料切れだったはずの身体が、但馬《たじま》牛《うし》のステーキと聞くなり僅《わず》かに活性化した気がする。

海里はここ数週間なかったくらい機敏に手を洗うと、まるで闘牛士がマントを翻すような華麗なアクションでエプロンを外し、スツールの上に放り投げた。そして、愛用の帽子を取りに、二階へ駆け上がったのだった……。


そんなわけで、眼鏡姿のロイドを伴った海里は、汗を掻き掻き、芦屋では有名な精肉店「あしや竹園　芦屋本店」にやってきた。

第二次世界大戦後まもなく、但馬牛の専門店として営業を始めた老舗《しにせ》だが、今は店頭に掲げられた重厚な看板はそのままに、他は近代的で清潔感のある、明るい店舗に改装されている。

取り扱う肉も、神戸《こうべ》牛《うし》・但馬牛だけでなく、品質のいい黒毛和牛や豚肉を手広く扱うようになっているそうだ。

「おー、これが噂の」

ガラス張りの自動ドアから店内に足を踏み入れた海里は、思わず高い鼻をうごめかせた。

広い店舗の一角には、惣菜《そうざい》売場がある。並んでいるのは、いわゆる「お肉屋さんの揚げ物」各種である。

もっとも有名なのは、黒毛和牛入りのコロッケだ。店員たちが慣れた手で大きなフライヤーに次から次へと小判形のコロッケを放り込み、こんがりきつね色に揚げていく。

他にも牛肉のカツ、豚肉のカツ、ミンチカツなどがあり、店内には実に芳醇《ほうじゅん》な匂いが漂っている。

いつもならすぐさま買い食いに走るであろう海里だが、何しろ夏バテ中、しかもこれから極上のビーフステーキを食べる予定なので、グッと堪《こら》える。

『海里様。ここは我慢なさいませんと』

胸元から聞こえるロイドの囁《ささや》き声に、わかっていると言うかわりに眼鏡のフレームを指先で軽く弾《はじ》き、海里は肉のショーケースのほうへ歩を進めた。

（さすが、専門店だな。俺なんかが見てもすぐわかるくらい、ものが違う）

無論、スーパーマーケットに比べれば価格帯は全体的に高めだが、その分、ショーケースの肉は、見ているだけでないはずの食欲が掻《か》き立てられるほど旨そうだ。

用途に合わせてカットされた牛肉は、いちばん安価な切り落としですら「美しい」という形容詞がよく似合う。

比較的安価な挽《ひ》き肉《にく》でさえも、見事にぱらりとして、ドリップなどという言葉とは無縁だ。おそらく、料理に使うそのときまで、肉汁が垂れたりすることはないだろう。

（きっと、猛烈に手入れの行き届いた器具で挽いてるんだろうな）

そんなことを考えながらステーキ肉が並ぶガラスケースの前に立った海里の口からは「わあ」という素直な驚きの声が上がった。

一般常識として、ステーキ用の肉は高価なものだという意識はあったものの、実際に肉の前に掲示された百グラム単位の価格を目の当たりにすると、ついたじろいでしまう。

『なかなかのお値段でございますな』

「そうでございますな」

俯《うつむ》いた海里がロイドとヒソヒソと言い合っていると、制服姿の三十代くらいの女性店員が、注文を聞くべく近づいてきた。海里は慌てて顔を上げる。

「ご注文、お決まりでしたらどうぞ〜」

フレンドリーな定型文に、海里は慌てて、まだブロックのまま陳列された肉を見回す。

善《よ》し悪しはともかく、肉のサシの入り方や脂身の量は、部位や産地で随分違っている。あるいは、牛の個体差もあるのかもしれない。

「あー、えっと」

（そういえば、どの部位を買ってくるとか、全然夏神さんと相談してなかった！）

言葉に詰まる海里に、店員は特に戸惑う様子もなく、にこやかにこう問いかけてきた。

「ステーキですか？　それとも、ローストビーフか何か……」

「ビフテキです！」

思わず反射的に出た古臭い言葉は、いかにも今どきの海里のルックスにあまりにも不似合いだったのだろう。店員はこみ上げる笑いをあからさまに嚙《か》み殺している表情で、

「ビフテキですね」と平板に復唱した。

海里は、羞恥《しゅうち》で頬が熱くなるのを感じながら頷いた。

「は、はい」

「部位や産地のお好みは……」

「産地はどこでもいいんですけど……部位って、普通はやっぱサーロインとか？」

「んー、そうですねえ」

店員はカウンターの上に身を乗り出し、ガラス越しに肉を見ながら説明してくれる。

「お値段が控えめなのは、こちらのランプ。牛の腿《もも》の肉ですね。どうしても少しだけ固めにはなりますけど、赤身でしっかり嚙みしめて味わう感じの、まあ牛肉らしい牛肉になります。美味《おい》しいですよ！」

「へえ……」

「あとはサーロインとヘレ」

「ヘレ？」

耳慣れない部位の名に驚く海里に、店員はいかにも慣れっこの様子で言った。

「テンダーロインとも言いますけど。お客さん、もしかして東京のほうからです？　ええと、あっちではヒレって言うんですかね」

「あ、もしかして、フィレ？」

「そうそう。こっちでは昔からヘレ肉て言うんですよ」

「へええ」

「だいたいその三択で、あとはグラム数と銘柄ですねえ。特選黒毛和牛にしはるか、但馬牛にしはるか」

「グラム数……は、どのくらいがいいのかな」

まるで子供の使いのようだが、ステーキ肉を専門店に買いに来たのはこれが初めてだ。おぼつかなくても仕方がない。

「好き好きですけど、薄すぎるとステーキって感じやなくなりますし、逆にあんまし分厚くてもご家庭では焼きにくいですし。ランプとヘレやったら百五十グラムまで、サーロインやったら二百グラムまでくらいが扱いやすいと思います」

「あー……。えっと」

下段の肉を見ようと海里が俯いた途端に、Tシャツの襟首に引っかけたままの眼鏡から、ロイドがヒソヒソ訴えかけてくる。

『海里様　わたし　厩の噂で　サーロインはずいぶんと脂が強いと伺っております。やはりここはひとつ、その聞き慣れぬ、へれ、という部位を所望致します。何しろわたしは上品な眼鏡でございますから』

「俺だって今はサッパリしたほうを食いたいけど、ヘレのほうがサーロインより高いんだよ」

こちらも早口に囁き返し、海里はしばらく悩んだ挙げ句、ポケットから夏神に持たされた紙幣を取り出し、カウンターの上に広げて置いた。

「あの！　とりあえず一万円以内の予算で、野郎三人、美味しくステーキが食いたいんですけど！」

しばらく目を丸くして、シワシワの一万円札と海里の顔を見比べていた店員は、ニッコリ笑って「お任せください！」と力強く請け合った。


「ってわけで、じゃじゃーん！　クソ暑い中、買って参りました！」

汗を拭《ふ》き拭き、海里が自前の効果音と共に差し出した包みを、夏神は「ごくろうさん」と笑顔で受け取った。

「ええ肉買えたか？」

海里はカウンターの中に入り、じゃぶじゃぶと指先から肘《ひじ》まで洗いながら答えた。

「うん。店の人に選んでもらった。さすがに、但馬牛は無理だったよ」

「そらそうやろ」

「けど、特選黒毛和牛のフィ……ヘレ！」

「関西《かんさい》風やな」

夏神はニヤッとして、白い包みを開いた。中には、なかなかの厚みのフィレ肉が三切れ入っている。端っこに添えられているのは、大きくて白い牛脂だ。

海里の胸元から離れ、人間の姿になったロイドは、ニコニコ顔で夏神の隣に立ち、ステーキ肉を見下ろした。

「実に魅力的なお肉です。ですが少々予算オーバーでしたので、海里様が足してくださいました」

それを聞いて、夏神は太い眉《まゆ》をひそめて海里を見た。

「ホンマか」

海里は手を拭きながら、曖昧《あいまい》に首を傾げる。

「ちょっとだよ。ワン野口《のぐち》以上、ツー野口未満。サーロインだったらギリいけたんだけど、なんかヘレって響きがよくてさ。どうしても食ってみたかったんだ」

「そら、悪かったな」

「いいのいいの。夏神さんに全額奢《おご》ってもらわなきゃいけない理由、ないもん。さて、ステーキ焼こうぜ！」

「焼きましょう！」

海里とロイドは勢い込んだが、夏神は重々しく宣言した。

「もうちょい、肉を室温に戻したほうがええ。まだや」

「えええー」

「その間に付け合わせを作ったら、ちょうどええやろ」

「あ、なるほど。じゃあ、それは俺とロイドがやるよ。何すればいい？　つか、何を付け合わせる？　ポテトフライ？」

「せやな。今日は蒸《ふ》かしたトウモロコシを定食にちょこっとつけるから、まずはその上前をはねることにして……あとは、せやな。ポテトフライでもええな」

頷《うなず》いた夏神に、海里はふと思いついてこうせがんだ。

「そうだ、どうせなら、夏神さんの師匠がビフテキに付け合わせてた奴を作りたい！　教えてよ。材料があれば、だけど」

するとと夏神は、懐かしそうな顔で顎《あご》を撫《な》でた。

「師匠の付け合わせか。教えたらんこともないけどな。上手《うま》いこと作らんと、天国から特大の雷を落としてきはるで」

「や、だってもう成仏したじゃん、大師匠」

「成仏したくらいで、料理への情熱をなくすような人と違《ちゃ》う」

「そんなわけないって言えない感じはするなあ、確かに」

久々に再会した夏神を、髪が長いとどやしつけていた小柄な老人の迫力満点の眼差《まなざ》しを思い出し、海里は思わず両腕をさする。

ロイドはいそいそとエプロンをつけ、澄まし顔で口を挟んだ。

「大丈夫でございますよ。火を使わないことでしたら、このロイドがお手伝い致しますから。大船に乗ったお気持ちでどうぞ」

「何が大丈夫なのか、さっぱりわからねえ」

「何を仰《おっしゃ》います。優秀な眼鏡は、お金では買えない戦力でございますよ？」

「確かに金では買えないよな。普通、戦力にしようと思って眼鏡は買わねえし。お前、忘れてるかもしれないけど、眼鏡は見るためかお洒落《しゃれ》のためか、だいたいの用途はその二択だぞ」

「やや、これはしたり」

二人の呑気《のんき》な会話に、夏神は笑いながら言った。

「まあ、ほんなら二人で用意してくれや。ジャガイモを四個。二個はマッチ棒よりちょい細いくらいに刻んで、二個はすり下ろしてくれ。汁があんまし出えへんように、粗めでええで」

海里とロイドは顔を見合わせる。

「ほんじゃ、切るのは練習がてら、俺がやりたいな」

「では、わたしはすり下ろすほうでございますね？」

「そうだけど、大丈夫か？　俺なら指を一緒にすり下ろすで済むけど、眼鏡は……」

「セルロイドがすり減っては大変ですから、たいへんに注意してやります」

「念のため、端っこはちょい残しとけよ。最後は俺がやるから」

「ああ、お優《たまもの》しい主《あるじ》に恵まれ、このロイド、幸せ者でございます。やはりこれは、日頃の行いの賜物ですねえ」

「おい待て。自分を持ち上げる前に、まずは俺に感謝しろっつの」

いかにもロイドらしい物言いに、文句を言いつつ笑ってしまいながら、海里はしゃがみ込み、小さな段ボール箱からジャガイモを取り出し、夏神に訊《たず》ねた。

「それはそうと、ジャガイモで何作んの？　切ったりすり下ろしたり、フライじゃなさそうだけど」

すると夏神は、師匠の口ぶりを真似て厳かに答えた。

「ポテト・ケイク」

「ポテト・ケイク？」

海里とロイドが、見事なシンクロぶりで復唱する。海里は両手にジャガイモを二個ずつ持って立ち上がり、首を捻《ひね》った。

「ポテトはいいけど、ケイクって何？　ヤバイヨヤバイヨって奴？」

「そら警句やろって言いたいとこやけど、そもそもヤバイヨヤバイヨは警句と違うぞ」

「あれ、そうだっけ」

とぼける海里に、夏神は苦笑いで、海里の手の中のジャガイモを指さした。

「あとで国語辞書引いとけ。そやのうて、ケイクっちゅうんは、ケーキのこっちゃ。英語でちゃんと言うたら、ケーキはケイクっちゅうやろ。師匠、洋食屋の大将やったから、そのへんは本場風やねん」

「そっか、洋食屋……つか、洋食って英語使うの？　フランス語とかじゃなくて？」

「いや、そら知らんけど。洋食やから、西洋の言葉は全部使《つこ》うてええん違うか？」

「守備範囲、広ッ！　まあでも確かに、英語の授業で先生がケイクって言ってたな。じゃあ何、ジャガイモでケーキ焼いちゃうわけ？」

「お前の思うとるケーキやないけどな。まあ、言われたとおりに準備せえ」

「はーい。ロイド、おろし金用意して待っとけよ。今、ジャガイモ洗って皮剝《む》くから」

「かしこまりましたっ」

ロイドは勢いよく戸棚を開ける。海里は手早くジャガイモを洗ってピーラーで皮を剝き、芽をくり貫《ぬ》いた。二個をまな板に、あと二個を小さなボウルに入れてロイドの前に置く。

海里が包丁でジャガイモを刻み、ロイドが実に慎重にジャガイモをすり下ろすのを、夏神は店の開店準備をしながらチラチラと見守る。

やがて、二人が「できた！」「できました！」とほぼ同時に声を上げたので、夏神は大きなボウルを海里の前にどんと置いた。

「ほしたら、両方をこん中に合わせて、粉チーズをパパッと」

「パルミジャーノ・レッジャーノでございますね！　お任せを」

　ロイドが冷蔵庫から、筒状の容器を持って戻ってくる。

「まあ、うちにあるんはパルミジャーノやけど、別に何でもええねん。それを、そやなー、ジャガイモの表面にまんべんなく薄く被《かぶ》さるくらいかけとけ」

「は……。これは責任重大でございますね」

　ロイドはワクワクと緊張が混ざり合った表情で、そろそろとジャガイモにチーズを振りかける。夏神は笑って、眼鏡の付喪神《つくもがみ》を急《せ》かした。

「おいおい、そない怖々しとったら、日が暮れてまうやろ。多少は誤差範囲や。ばーっと豪快に振れ」

「は、ではお言葉に甘えまして豪快に！」

　ロイドは張り切って筒を振り上げ……、次の瞬間、夏神と海里は同時に「あ」と声を上げた。

　だいたい予想どおりの結果ではあるが、ロイドがあまりにも勢いよく筒を振りすぎたせいで、ジャガイモの上に粉チーズの小さな山ができている。

「……いささか豪快に過ぎましたでしょうか」

　ロイドはさすがに若干不安げに、夏神を上目遣いに見た。夏神は、ホロリと笑って片手をヒラリと振る。

「ええよ。ちーとばかし多うても、どうっちゅうことあれへん。チーズは旨《うま》いからな。

ただ、カロリーがバリッと上がるだけや」

夏神の鷹揚《おうよう》な発言に、ロイドも満面の笑みで応じた。

「そうでございますね！　そして眼鏡にはカロリーとやらは関係ございませんし」

「俺たちにはあるっつの。とはいえ、夏バテ中だから、カロリーと蛋白質《たんぱくしつ》は必要かぁ」

「そうでございますとも」

弾んだ声でそう言って、ロイドは夏神を見た。

「それで、これを如何様《いかよう》に致しましょうか」

「せやな、軽く塩胡椒《しおこしょう》してざっくり混ぜ合わせるとこまでが、ロイドの仕事やな」

「おや。ということは……」

「火ぃ、使うからな。そっからはイガの仕事や」

そう言いながら、夏神はコンロにノンスティックタイプのフライパンを置いた。

夏神自身はたいてい鉄製のフライパンを使うので、それは海里用のアイテムである。

「初心者がいきなり本格的な道具を使うことはあれへん。使いやすいもんから慣れていったらええねん」というのが、夏神の調理器具についてのポリシーだ。

「でかいスプーン山盛り一杯ずつくらいを、小さいパンケーキみたいに平たくして、裏表焼いてみ。油は多めや。揚げ焼きする感じやな。まあ、足らんかったら足す感じで」

「おっけ。なるほど、パンケーキのケーキね」

夏神の指示に従い、海里は多めに米油を引いて熱したフライパンに、ロイドが混ぜたジャガイモとチーズのたねをスプーンで落とした。適当に間を開けて五つほど落とすと、それぞれの生地の山をスプーンの背で丸く薄く伸ばす。

火加減は中火のままなので、比較的早く、生地の表面がきつね色にパリッと焼けてくる。そうしたら、フライ返しで引っ繰り返し、裏面も同じように焼けば完成だ。

「旨そう。これ、マジでポテト・ケイクって感じ」

「せやろ。ほな、そろそろ肉焼くか」

夏神は海里の隣に立つと、自分専用の鉄製フライパンを火にかけ、牛脂を置いた。

黒々したフライパンの上で、牛脂はゆっくりと熱せられ、透明感を帯びてとろけていく。何とも言えない香ばしい匂いが、早くも漂い始めた。

海里がチラチラと自分のほうを見て技を盗もうとしているので、夏神はわざと彼に見えやすい場所で、肉の表面に軽く塩胡椒した。ただ調味料を振りかけるだけでなく、優しく手ですり込むようにする。

「テキの焼き方は色々あんねんけど、好みの問題やな。師匠は、肉の表面がカリッとするほど焼き付けるんが好きやった。俺もそうや」

海里は、こんがり焼き上がったポテト・ケイクをフライ返しで掬《すく》い取り、ペーパータオルを敷いた皿に取って口を開いた。

「あ、わかる。俺も、弱火でじっくり系より、そっちのほうが好き」

「ちなみに焼き加減は、『へんこ亭』では、リクエストがない限り、ほんのちょこっとだけミディアムレアに寄したミディアムやった。それでええか？」

「オッケーです」

「是非、わたしもそれで！」

ゴム手袋をつけて洗い物をしながら、ロイドも目を輝かせる。

「よっしゃ。ほな、行くで」

溶けた牛脂をグルグルとフライパンに塗りつけるように馴染《なじ》ませてから、夏神は厳かにステーキ肉を持ち上げ、フライパンに載せた。

一切れ置くごとに、ジューッと小気味良い音がする。香ばしい匂いに、食欲不振とは何だったのかと言いたくなるくらい、胃腸が元気いっぱいに空腹を訴えた。

「うわあ、旨そう」

「ええ肉やな。脂なんかろくすっぽないような顔しといて、焼ける端からじゅうじゅう出てきよる。恐ろしゅうきめ細かいサシが入っとんのや」

「芋は米油で揚げ焼きだけど、そっちの肉は、自分が出した油で揚げ焼きになる感じだな」

夏神の火入れをしっかり見極めようとする海里の熱心な視線に応《こた》え、夏神も慎重に肉の端を持ち上げ、焼け具合を確かめる。

二分弱ほど焼いていただろうか。夏神は真剣そのものの顔でジッと肉を睨《にら》みつつ、一切れを素早く引っ繰り返した。

見ていた海里とロイドは、同時にゴクリと生唾《なまつば》を飲む。肉の表面には、いい焼き色がついている。しかし、夏神がさっき言っていたような、「カリッと」した状態にまではなっていない。

そこを海里が質問しようとする気配を感じたのだろう。夏神は肉を凝視したまま「まあ、黙って見とれ」と言った。

そして、他の二切れも引っ繰り返し、今度は一分半ほど焼いたところで、夏神は予想外の行動に出た。

アルミホイルを広げると、焼きかけのステーキをそこに並べ、ピッタリと包《つつ》んでしまったのである。

海里はキョトンとして、夏神とアルミホイルの包みを交互に見た。

「何してんの、それ」

すると夏神は、こう言った。

「さっきも言うたように、テキの焼き方には色々ある。『へんこ亭』はもともと、マスターがひとりで回しとった店やからな。色んな料理を同時に仕上げなあかんのに、テキにつきっきりっちゅうわけにはいかん」

「あー。そういやステーキとかハンバーグとか、よくオーブン使ってね？」

「それもええけど、グラタンやらドリアやらで、オーブンが塞《ふさ》がっとるときも多いやろ。せやからあの店では、テキにオーブンは使わんことになっとった」

「あ、なるほどね」

ポンと手を打つ海里に、夏神はアルミホイルでぴったり包まれたステーキを指さした。

「ほんで、特に道具を使わず、マスターが手ぇも目ぇも離せるやり方として編み出したんが、これや。ホイルに包んで、十分ほどほっとく。ほしたら、余熱で肉にはゆっくり芯《しん》まで火が通るんや」

「おお。完全に焼けちゃわないけど、加熱はされるってわけか！　あったまいいな」

「師匠がな」

誇らしげにそう言う夏神に、ロイドはソワソワした様子で言った。

「しかし、待ち遠しいですな」

「急《せ》いては事をし損じる、って言うやろ。こうしとるあいだに、肉汁も落ちついて、旨《うも》うなるんや」

「ここが我慢のしどころということでございますね」

「そういうこっちゃ」

したり顔で頷《うなず》きつつ、夏神は、「とはいえ、久々に腹減ったな」と言って、引き締まった腹を手のひらでさすった。

そして、十五分後。

三人はテーブル席で、かつてない大ご馳走《ちそう》のまかないを堪能《たんのう》していた。

アルミホイルで包んで寝かせておいたフィレステーキは、最後に表面を強火で焼いて仕上げてある。敢《あ》えてソースをつけなくても、控えめな塩胡椒だけで十分過ぎるほど旨《うま》い。

　夏神が言うとおり、融点の低い脂は熱で溶けて赤身の繊維に絡みつき、たっぷりした肉汁を生み出している。ステーキの表面のカリッとした食感のおかげで、その脂を重く感じない。

　夏神の肉の焼き方は、今日の肉質にはピッタリだったようだ。

「ナイフがスッと入るね。柔らかいし、嫌な筋も全然ない。でも、しっかり噛《か》む楽しみもあるなあ。これがいいステーキなのか。飲み込むの、勿体《もったい》ないよ」

　そんな感想をもごもごと口にして、海里は幸せそうにステーキを嚙みしめている。

「美味《おい》しゅうございますねえ。こういうときに、『ほっぺたが落ちそう』と言うべきなのでしょうか」

「それは正しいけど、眼鏡のほっぺたってどこだ？」

「どこでございましょうねえ。落ちてみないことには、わたしにもわかりません」

「落とさなくていい。怖いだろ」

「海里様は……何といいましたか。そう、こんさば、でございますな」

「常識人って言ってくれ」

　海里とロイドのたわいないやり取りをよそに、夏神は二人が作ったポテト・ケイクを味わい、満足げに唸《うな》った。

「付け合わせもようできとる。チーズ、あれくらい入れてもなかなかええな。ようけぇは食われへんけど」

ポテト・ケイクは、表面はパリッと、中はもっちりと仕上がっている。

ハッシュドポテトに似ているが、刻んだジャガイモとおろしたジャガイモを合わせて使うことにより、より複雑な食感を楽しめるのだ。

「ポテト・ケイク、初めて作ったけど、いいな。ジャガイモをおろす手間がめんどくさいって正直思ったけど、それがいいつなぎになってる。洋風ミニお好み焼きって感じ」

「せやな。懐かしい味や。『へんこ亭』ではビフテキの注文が入るたび、師匠が肉を焼くのにタイミングを合わせて、俺がこれを焼く決まりやった。お客さんがテキを食い終わった後、皿に残った肉汁をポテト・ケイクで綺麗《きれい》に拭《ぬぐ》って食べてくれはるんを見るたび、嬉《うれ》しかったなあ」

夏神の思い出話に、海里は目を輝かせる。

「あっ、俺もそれしよう。ああ、もっと焼けばよかった。ジャガイモ六つくらい使ってもよかったよ、夏神さん」

「えらい食欲やな〜。誰が夏バテやて？」

海里をからかう夏神の皿にも、もう肉の姿はない。

ロイドはそんな二人を見て、誇らしげな笑顔でこう言った。

「お二方とも、すっかり元気を取り戻されて、このロイド、たいへん嬉しゅうございますよ。きっと今日は千客万来になりましょう！」

「ホントかよ。俺たちがステーキ食ったからって、お客さんが増えるかなあ」

「増えますとも！　眼鏡の知恵は絶対でございますよ」

自信満々に断言したロイドは、ひと呼吸置いてから、遠慮がちに、しかし正直にこう言った。

「で、ございますので、もし本当に今夜、お客様が増えたなら、これからも月に一度……ああいえ、せめて三月《みつき》に一度、百歩譲って半年に一度、このような美味しいお肉がいただきたいものでございますねえ」


よく考えれば、経営サイドが肉を食べたからといって客入りがよくなるはずはないのだが、店内の雰囲気が明るいことは、店の外からでも何となく感じ取れるものなのだろうか。

その夜の「ばんめし屋」は、相変わらずの熱帯夜にもかかわらず、ロイドの言うとおり、まさに久しぶりの千客万来だった。

何しろ、夏神が控えめに仕入れたのが裏目に出て、早々にアジフライが売り切れ、急遽《きゅうきょ》、翌日用に冷凍庫に入っていた挽き肉《ひにく》を解凍し、ハンバーグを作って出さなくてはならなくなったくらいだ。

一時は短い待機列ができるほどの大繁盛がようやく落ちついたのは、日付が変わりかける頃だった。

「ありがとうございましたー！　是非またお越しくださいませ」

会計を済ませた客を店の外まで見送って戻ってきたロイドは、ガランとした店内を見回し、大きく伸びをした。

「ああ、よく働いたという実感が、久方ぶりに戻って参りました！」

あまりにもあけすけな感想に、夏神は煙草代わりの棒付きキャンディの包装フィルムを剝《は》がし、口にくわえて苦笑いした。

「ほんまやな。ロイドの言うとおりや。俺らがちゃんと食うて元気に働けてこそ、お客さんも来てくれはる」

「そうでございますとも」

得意げな笑顔で両手を腰に当てたロイドに、海里はカウンター越しにトレイを差し出す。

「ドヤってないで、食器片付けろよ」

「べつにドヤってはおりませんが、かしこまりました」

必要以上に胸を張ってトレイを受け取ったロイドは、テーブルを回り、忙《いそが》しくて回収しきれないままだった食器を集めて歩く。

「今夜は、しばらくご無沙汰《ぶさた》だったお馴染《なじ》みのお客様がたくさん来てくださって、嬉しゅうございますね」

「ホントだよな」

濡《ぬ》らして固く絞った布巾《ふきん》を持ってやってきた海里は、テーブルの上を綺麗に拭《ふ》きながら相づちを打つ。

カウンターの中で、使い切ってしまった副菜の切り干し大根の煮物を作り足している夏神も、そうやなあと同意しかけて、ふと「おっ？」と奇妙な声を上げた。

「夏神さん、どしたの？」

不思議そうな海里に、夏神は真顔になってこう言った。

「そう言うたら、だいぶ長いこと、淡海《おうみ》先生が来てはれへんな」

海里とロイドの口から、「あ」という声が同時に漏れる。

「そういや、そうだよな。ほら、テレビに映ってるのを見かけたのが、幽霊のフミさんを成仏させようとして必死になってた頃だから……先月の後半だろ？　あの前から、店には全然、だよな」

海里はちょっと心配そうに声をひそめ、躊躇《ため》らいがちにこう続けた。

「もしかして、うちの店、飽きちゃった……とか」

「それやったらええねんけど。いや、全然ようはないな。せやけど、アレや。体調崩してはるとか、そういうことやなかったらええねんけどっちゅう意味で」

夏神の懸念に、海里も心配顔になる。

「そうだよな。先生、〆切《しめきり》の頃はいつもヘロヘロだし、もとから細っこいし。夏神さんですらバテる今年の夏を、元気に乗り切れる気がしねえ」

ロイドは皿を持ったまま、二人の懸念を打ち消すように穏やかに口を挟んだ。

「淡海先生は小説家でいらっしゃいますから、きっと涼しいお家《うち》の中で、快適に執筆なさっておられるのでは？」

だが、夏神の表情はいっこうに晴れない。

「せやったらええけど、普段から、うちの飯が命綱みたいなとこがある人やからなあ。これまでは、家から出られへんときは、きまって出前の要請があったし」

海里もだんだん不安げな顔つきになってくる。

「そういや、そうだよな。先生んちの近所はガチの住宅街だから、夜中に出前なんてしてくれる店、そうそう見つからないだろうし」

「まして、出前のご希望ときたら、薄い具のない味噌汁《みそしる》と小さな塩むすびに梅干し一粒、などという、あまりお店で供されることのないメニューでございますしねえ」

「そうそう。わあ、俺もちょっと心配になってきた。テレビで先生の顔を見たときは元気そうだったけど、それからいっぺんも姿を見てないんだもん。ちゃんと食ってるかな」

「言われてみれば、いささか気がかりですねえ」

海里とロイドは顔を見合わせ、同時に夏神に視線を向ける。先に恐る恐る口を開いたのは、海里のほうだった。

「先生、ひとり暮らしだろ？　家の中で野垂れ死んでても、誰も気付かないよなあ」

夏神は酷い顰めっ面になった。

「野垂れ死には、いくら何でもあれへんやろ」

「けど、夏神さんもそれを想像したから、そんな心配そうな顔しててんじゃないの？」

「そ……そこまでやない。せやけど、ろくに食わんで、倒れとったら……とか、やな」

「ゴールは一緒だよ。気付いちゃったら、どうにも気になるなあ。ちょっと電話してみよっか」

海里は壁掛け時計を見て、そう言った。夏神も頷《うなず》く。

「せやな。たいていの人は寝とる時間やけど、あの先生は宵っ張りや。きっと起きてはるやろ」

「……生きてりゃね」

「おい。ホンマに縁起でもないこと言うなや」

海里の発言を窘《たしな》めながらも、夏神は落ち着かない様子で厨房《ちゅうぼう》の中をウロウロしている。

「じゃあ、とりあえず、生きてる前提で、仕事の邪魔をしちゃう心配をしながら電話してみるよ」

海里はそう言うと、エプロンのポケットからスマートフォンを取り出した。

淡海の電話番号は、自宅もスマートフォンも既に電話帳に登録済みである。海里はまず、自宅にかけてみた。

だが、数回かけてみても、応答はない。

「出ない。……いないのか、寝てるのか……それとも、もしかして」

「言うなて。ケータイは？」

「今からかけてみる」

海里は、夏神の手前、平静を装い、その実、祈るような気持ちで、今度は淡海のスマートフォンにかけてみた。

（出てくれよ、先生……）

プルルル、という呼び出し音に、心臓がドキドキする。

幸い、二回目のコール音で、誰かが受話器を取った。

『やあ、五十嵐《いがらし》君？　何だか久しぶりだねえ』

聞こえてきたのは、わりに快活な淡海の声だ。

海里はホッと胸を撫《な》で下ろし、息を詰めて見守っている夏神に、右手の親指を立ててみせた。ロイドは、海里の顔に自分の顔を寄せ、通話内容を聞き取ろうとする。

「淡海先生、お元気ですか？　その……全然店に来てくれないんで、俺たち、ちょっと心配になっちゃって。その、先生が元気なのなら、全然構わないんですけど」

いきなり非難したような物言いになってしまったことに気づき、海里は慌てて最後の一文を付け加えた。

スピーカーから聞こえてくる淡海の声は、いつもと変わらずのんびりした調子である。

『あー、ごめんよ。もしかして、僕が孤独死してるんじゃないか、とか思った？』

「や、それはその」

『思うよねえ。僕、見るからに生命力弱そうだし。実際はそうでもないんだけどね』

自らそう言ってあっけらかんと笑ってから、淡海はこう言った。

『いや、実は先月、自宅のエアコンが壊れちゃって。何しろ古い家だから、もうエアコンの部品がなくて、修理がきかないんだってさ。しかも配管も駄目になってて、全部交換となるとけっこう大工事になりそうなんだ』

「あー……エアコンなしじゃつらいっすよね」

『そうなんだよ。よりにもよって、リビングと寝室のエアコンが同時に壊れちゃってね。早々に音を上げて、涼しくなるまで東京に腰を据えることにしたんだ。いわゆるホテル暮らしだよ』

「それって、凄《すご》くゴージャス！」

驚いた海里は声のトーンをあげたが、淡海はいやいやと笑い交じりに弁解した。

『君が想像してるのは、「プリティ・ウーマン」で主人公の男性が住んでたような豪華な部屋なんだろ。違うよ、僕が暮らしてるのは、出版社が年間契約している、カンヅメ用のシティホテルの一室。書いて寝るだけの狭～い部屋さ』

「なんだ。それじゃ、つまんないですね。先生が全然店に来てくれないから、ちゃんと飯食ってるんだろうかって、夏神さんが凄く心配してるんですよ」

海里の言葉に、夏神は慌てて「余計なことを言わなくていい」のブロックサインをし、淡海はあははと可笑《おか》しそうに笑った。

『大丈夫、それなりに食べてるよ。「ばんめし屋」のごはんは凄く恋しいけどね』

「それ、夏神さんに伝えておきます。じゃあ、まだしばらく帰ってこられないんですね。ホテルにカンヅメって、めちゃくちゃ仕事がはかどるんじゃないですか？　あの小説とか」

海里は「あの」を少し強調して訊《たず》ねてみた。「あの小説」とは、海里をモデルにして淡海が執筆中の作品のことである。

それを聞くなり、淡海の声がわざとらしく弱々しくなる。

『ああ、あれね〜。もしかして、そろそろできたんじゃないかって催促も兼ねた電話だったかい？』

「いや、催促ってほどじゃないですけど、やっぱ無関係じゃないんで気になるっていうか……。途中の展開まで聞いてるから、続きが気になるっていうか。あっ、テレビ番組で、先生があの小説について語ってるのも見ましたよ！」

『ああ、あれね。見てくれたんだ。ありがとう。あんな感じでね、東京にいるあいだに、インタビューやテレビ関係の仕事や講演会の予定をぎゅぎゅっと詰めているんだ。それを消化するまで……あと一ヶ月やそこらは、嫌でもこっちにいなきゃいけない』

「ああ、なるほど。確かに、芸能界の仕事は東京に集中してますもんね」

『うん。やっぱり小説は、自宅でリラックスした状態じゃないと書けないよ。東京じゃ、小説家としては機能しないんだ。構想くらいは練るけどね。だから申し訳ないけど、君がモデルのあの作品は、秋から改めて執筆再開って感じかな。そっちへ帰ったらすぐ、お店の味を堪能《たんのう》しに行くよ。マスターにそう伝えてくれるかい？』

海里は少しガッカリしながらも、笑顔で請け合った。

「わかりました。きっと安心しますよ。遅くにお邪魔してすいませんでした」

寝ていた気配はないが、執筆をしない東京では、淡海はもしかすると夜寝て朝起きる生活をしているのかもしれない。深夜に電話した非礼を詫《わ》びて通話を終えようとした海里を、淡海はやんわり引き留めた。

『いやいや、僕は構わないよ。ちょうど、明日《あした》の講演会で喋《しゃべ》ることを考えながら、いただきものの「舟和《ふなわ》」の芋ようかんを、ホテルの部屋でつまんでいたところ』

「じゃあ、やっぱりお邪魔しちゃったんじゃないですか」

『いいのいいの、気分転換は大事だよ。それに、あの作品だって、実際に書いてはいないだけで、いつも頭の片隅にはあるんだ。貰《もら》った電話で申し訳ないけど、少しだけまた取材させてもらっていいかい？　それとも、お店が忙しい？』

思わぬ申し出に、海里は店内をチラッと見回してから答える。

「いいえ、ちょうどお客さんが途切れて、一息ついてるところなんで大丈夫です。何ですか？」

すると淡海は、よかったと言いつつも、何故か珍しいほど躊躇《ためら》いがちにこう切り出した。

『いつか君に訊《き》いてみたいと思ってたんだけど、何だか言い出しそびれていたことがあってね。あまりにも不躾《ぶしつけ》な質問だから、君の素敵な笑顔を前にすると、どうも口から出てこなかった』

海里は、屈託なく笑って先を促す。

「そんな。俺、芸能記者のド失礼な質問に数々揉《も》まれてきたんで、たいていのことは平気ですよ。お客さんが来たら電話切らなきゃいけないんで、今のうちにどうぞ」

『そうかい？　じゃあ、お言葉に甘えて』

淡海はそれでもなお数秒躊躇ってから、静かにこう問いかけた。

『五十嵐君、君、もう一度、役者の道に戻りたくはないかい？』

二章　大切だからこそ

「あー……今日は久々よう働いた」

　午後六時過ぎ、浴室から出て、筋骨隆々とした身体を洗いざらしたバスタオルで拭《ふ》きながら、夏神は半ば無意識にそんな呟《つぶや》きを漏らしていた。

　久しぶりにてんてこまいの営業を終えて、身体はクタクタだが、心は達成感に満たされている。

　限界や、と続けながらも、夏神のいかつい顔は、自然と緩んでいた。

　夏神も海里も（そしてロイドも）「ばんめし屋」の二階で寝起きしているが、そもそもが小さな家屋なので、それぞれの居室は決して広くない。

　浴室もかろうじてつけたといった有様で、浴槽には膝《ひざ》を抱えて浸《つ》かることになる。

　それでも、冬場はその狭さのおかげで浴室内は比較的暖かく保たれているし、湯の量も節約できるので、そう悪いことばかりではない。

　夏場は、夏神も海里もわざわざ湯に浸かりたいとは思わないので、シャワーで済ませる。今朝もそうだ。

浴室には小さな窓があり、仕事を終えた後に入浴すると、春夏は朝の光がたっぷりと入って、実に気持ちがいい。

頭からつま先までざぶざぶとぬるめの湯を浴び、汗と疲れを洗い流すのは、一日でもっとも爽快《そうかい》なひとときだ。

とはいえ、冷房のない脱衣所にはムッと熱気がこもっている。

夏神は手早く身体を拭いてしまうと、下着だけを身につけ、バスタオルを肩に引っかけて廊下に出た。

一番風呂《ぶろ》を譲られたので、早く海里に浴室を明け渡してやらねばと思ったのだ。

だが、そこから呼びかけようとして、夏神はすんでのところで踏みとどまった。

もしかすると、風呂が空くのを待ちくたびれて、海里は既に眠ってしまったかもしれないと考えたのだ。

(起こしてしもたら可哀想やな。ちーと様子見るか)

夏神は足音を忍ばせ、海里の部屋のほうへ向かった。

まずは中の様子を窺《うかが》おうと耳をそばだてると、襖《ふすま》の向こうから、ボソボソと喋る低い声がする。海里とロイドの声だ。

どうやら二人とも、まだ起きていたらしい。

すぐに襖をノックしようとした夏神だが、ふと耳に入ったロイドの声に、軽く握った拳《こぶし》がピタリと止まってしまう。

『ところで海里様、口幅ったいことは申し上げたくありませんが、どういうおつもりだったのです？　淡海先生のご質問に対して、あのような曖昧《あいまい》なことを仰《おっしゃ》って』

その言葉に、夏神の脳裏には半日前のことがすぐさま思い出された。

淡海との通話を終えた直後の海里は、酷《ひど》く真剣な、どこか苦しそうな表情をしていた。

しかし彼はすぐ笑顔に戻り、夏神のほうを見て、「淡海先生、元気だったよ！　エアコンが壊れて、秋まで東京だってさ」と、会話の内容を掻《か》い摘《つ》まんで教えてくれた。

だが、淡海の近況はとても呑気《のんき》な話ばかりで、海里があんな表情をしなくてはならないようなことは何ひとつなかった。

ただ、電話で淡海に別れを告げる前に、海里が低く抑えた声で、「まだそういう気分にはなれないんで」と、いつもは朗らかでフレンドリーな彼にしてはやけにぶっきらぼうに答えたことだけが、ささくれのように胸に引っかかっている。

もしかしたら、二人の会話がその気がかりを解決してくれるのではと直感したせいで、夏神は襖に耳を寄せ、彼らしくない盗み聞きを始めてしまった。

ロイドのどこか非難がましい質問に、海里は疲労の滲《にじ》んだ、やや不機嫌な声で問い返す。

『何だよ？　俺が何を曖昧に言ったって？』

だが、ロイドは少しもたじろぐ気配を見せない。こちらも珍しくツケツケと主《あるじ》に言い返した。

『夏神様には海里様のお声しか聞こえておられなかったでしょうが、わたしはお電話に耳を寄せておりましたゆえ、淡海先生のお声も確《しか》と聞いておりました』

『だから？』

『最後に、淡海先生は海里様にこうお訊《たず》ねになりました。「君、もう一度、役者の道に戻りたくはないかい？」と』

（淡海先生、そないなことをイガに……）

夏神は、自分がまだトランクス一丁であることなどすっかり忘れ、さらに耳を襖に近づける。

海里はほんの数秒だけ沈黙し、あからさまに平静を装った声で答えた。

『ああ、訊かれた。だから俺は、ちゃんと答えただろ。まだそういう気分にはなれないんで、って』

『それでございますよ！　海里様は以前、朗読の発表会に携わり、また、お人形のためのお芝居を通じて、演じることがやはり好きだと仰せだったではありませんか』

ロイドの勢いに気圧《けお》されるより苛《いら》ついたのか、海里はつっけんどんに言い返す。

『そうだよ。芝居するのが好きだ。すっげー好きだ。ヘタでも好きだ。それは、芸能界の外に出たおかげで、かえって再確認できた』

『でしたら！　戻りたいと仰せになればよかったのでは？　淡海先生があのようなことを仰せになったのは、海里様を芸能界に戻す手立てをお持ちだからではないのですか？』

　ロイドの指摘は、いつになく鋭い。いつもはのんびり屋の彼も、主である海里の身の上を真剣に案じているからに違いない。

（それは……確かにそうやな。前に来た週刊誌の記者も、淡海先生にはビビッとった。実のお父さんが元大物政治家っちゅうこともあるやろし、淡海先生自身のネームバリューもあるんかもしれんしな）

　廊下は蒸し暑いが、それでも下着姿でいると、徐々に身体が冷えてくる。夏神は、飛び出しそうになったクシャミを、あやういところで鼻と口を強く押さえ、どうにか闇に葬り去った。

『俺だって、何となくちょっとだけそんな気配は感じた。淡海先生、律儀だからさ。小説のモデル料代わりに、もしかしたら親父さんのコネとか、先生の本のドラマ化のバーターかなんかで、俺を芸能界にもっぺんねじ込んでくれるつもりなのかな、とか』

『そうお考えだったのでしたら、なおさら素直にお縋《すが》りになればよかったのでは？　せっかくの先生の助け船を、何故、まだそういう気分になれないなどと嘘をついて退けてしまわれたので……』

『嘘じゃねえ！』

　嘘という言葉にナーヴァスに反応し、海里は声を尖《とが》らせる。畳を平手で叩《たた》いたのか、ぱしんと乾いた音がした。

主の怒りの度合いを知り、さすがのロイドもすぐさま謝罪する。

『これは、いささか言葉が過ぎました。申し訳ありません。ですが』

『嘘じゃねえよ。ホントに、まだ戻る気にはなれないんだ。マジで芝居は好きだけど、だからって芸能界に戻るつもりはない。まだ……ぶっちゃけ、怖い』

（怖い？）

急に声のトーンを落とした海里が発した言葉に、夏神は眉《まゆ》をひそめる。ロイドもおそらく、同じ表情をしていることだろう。

『怖い？　それは海里様が以前、無実の罪で芸能界を追われたことが尾を引いているのですか？』

実に率直な問いに、海里もまた、言葉を探しながら訥々《とつとつ》と答える。

『あのさ。芝居はフィクションの世界だろ。ノンフィクションっつったって、脚本にした時点でフィクションが紛れ込む。どんなハチャメチャなことだって板の上では現実になるし、どんな人間にだって……いや、人間以外、動物だろうがサイボーグだろうが幽霊だろうが、何にだってなれる』

『はい。夢に溢《あふ》れた世界でございますね』

『夢に溢れた……ね。芸能界も、似たような世界だ。夢は夢でも、悪夢だけどな』

『悪夢とはまた、穏やかでない』

『穏やかでいられねえだろ。俺は五十嵐カイリっていう役名の自分しか売り物にしてな

いのに　マスコミは本名の五十嵐海里な俺のことも暴く。家族や友だちにも迷惑をかける。お母さんも兄貴も、五十嵐海里の家族であって、俳優の五十嵐カイリとは無関係なのにさ。だって俺、いっぺんもプロフィールに家族のこと、書いたことないもん。インタビューで家族の話をしたこともない。それなのに……』

海里の声があまりにも苦しそうで、夏神は大きな口を一文字に引き結ぶ。

『さぞ、おつらかったでしょうな』

『それだけじゃない。ワイドショーで、俺が仲間だと思ってた同年代の役者や、高校時代の同級生が、やってもいない俺の悪事を喋《しゃべ》ってた。挨拶《あいさつ》もしたことがない同じマンションの住人は、俺が部屋に女をしょっちゅう連れ込んでたなんて言ってた。そんなこと、一度もやってねえ。あんな汚い部屋に、李英《りえい》以外入れられっかよ』

弟分の名を出して、海里は嘆息した。襖越しに夏神にまで聞こえる溜《た》め息《いき》は、さぞ大きいものだったに違いない。

『東京のカプセルホテルから逃げ出して、ここで夏神さんに拾われるまで、俺、自分が実在の人間だって気がしなかった。っていうか、むしろこれは俺じゃなくて、俺が演じてる誰かなんだって思い込みたいくらいだった。俺がやったことは歪《ゆが》められて全然違う話になって世の中に伝わって、他人どころか家族まで嘘のほうを信じてて……ホントの俺なんて消えちまったんじゃないかって、そう感じてた』

あまりにもつらい話に、お喋りなロイドも咄嗟《とっさ》に返す言葉が見つからないらしい。海里は、今にも泣きそうな声で、訴えるように告白した。

『俺が芸能界を追われるきっかけになった女優、今、朝ドラに出てるはずなんだ。テレビや新聞で記事を見たから知ってる。……だけど、見られねえ。どうしても見る勇気が出ねえ。本放送は寝てる時間帯だってのもあるけど、再放送も総集編も見たくない』

『その女優さんのことを、憎いとお思いですか？』

ロイドは探るように問いかけ、海里は正直に肯定した。

『俺だって、あの業界のことはそれなりに知ってる。あんな風にゴシップニュースになっちまった以上、あの子は事務所の言いなりになるしかなかったんだろうとはわかってる。それに誰だって、自分がいちばん可愛いもんだ。事務所も本人も、せっかくの朝ドラ主役の座を、三流タレントとのスキャンダルで失いたくはなかっただろうし』

『海里様は、三流などではありませんよ。そのように卑下なさってはなりません』

憤って窘《たしな》めるロイドに、海里は「ありがとな」としんみり礼をいい、話を続けた。

『ただ、理解はしててもダメなんだよ。俺なんかには一生届かない晴れ舞台でキラキラ輝いてるあの子の姿を見ちゃったら、俺の中に凄《すご》く汚い感情が湧いてきそうで、嫌なんだ。だから見られない。せっかく夏神さんやお前や、色んな人たちのおかげで、ここまで這《は》い上がってこられたのに、また暗くて深い穴に落っこちそうで……マジで怖い。こんなんじゃ、戻れねえだろ、あの業界には』

（イガ……！）

夏神は、襖を開けて海里を抱き締め、励ましてやりたい衝動にかられた。だが、踏み出そうとした足は、再び聞こえた海里の声に、床に打ち付けられたように動かなくなる。

『それに、俺、ここでの暮らしが好きだ。夏神さんとロイドと一緒にこのちっこい家ん中で暮らして、一緒に買い物行って、一緒に飯作って、一緒に店でお客さんをもてなして……。役者になって最初にやったミュージカルの舞台以来の、「カンパニー」なんだ』

『カンパニー？　会社、でございますか？』

『じゃなくて、芝居の業界用語でさ、ある作品を一緒に創り上げる役者やスタッフのこと。仲間って奴。ミュージカルが終わってからは、カンパニーって呼びたいほど結束の強い座組《ざぐみ》には巡り合えなかった。今は、夏神さんとお前が、俺のカンパニーだと思ってる。たまにそこに淡海先生が交じったり、仁木《にき》さんとか、兄貴や奈津さんが入ったりするけど、基本は三人』

『そうでございますね！　カンパニー！　よい言葉です。わたしたちは最強のカンパニーでございますよ』

ロイドの声は明るく弾んでいたが、対照的に、海里の声はどこか沈んでいる。

『うん。俺もそう思う。料理を勉強して作るのも、接客するのも楽しい。そりゃ……ジジイになるまでこの店で働くって選択肢はないかもしれない。夏神さんだって、そこまで長々と俺をここに置く気はないかもだし。でもさ……今はここにいたいんだ。ここで寝起きして、ここで働いて、夏神さんやロイドと一緒にいたい。夏神さんに命を拾ってもらった恩を、俺、まだ返せてねえし』

『恩返しでしたら、夏神様の愛《いと》しい方のお墓の件で……』

『あれは、夏神さんが自分で努力して勝ち取った情報だ。あんなのは恩返しじゃねえよ。夏神さんは、自分が滅茶苦茶《めちゃくちゃ》つらいのに、ボロボロの俺を助けてくれた。夏神さんがいなけりゃ、俺は生きてなかったと思う。今、こんな風にあれこれ考えたり悩んだりすることもできなかったはずなんだ』

『その場合、わたしも助からず、あの公園で哀れに朽ち果てるところでございましたね』

そうだよな、とようやく軽く笑って、海里は決意を込めた強い声音で言った。

『だから俺はもっと、夏神さんの役に立ちたい。もっと頼れる大人になって、夏神さんが誰かに寄っかかりたいときに「どうぞ！」って自信を持って肩を差し出せる人間になりたいんだよ。芸能界が死ぬほど怖いってのと同じくらい、そういう思いがある。だから……まだ役者の世界には帰れない。帰りたくない』

アカン、と吐息交じりに呟《つぶや》いて、夏神はそっと襖の前を離れた。

それ以上聞いたら、衝動的に海里の部屋に飛び込んでしまいそうだったからだ。

（飛び込んで、俺はあいつに何を言うつもりやねん）

やはり足音を忍ばせて浴室のあたりまで戻り、夏神は深く長く息を吐いた。

海里が自分に恩義を感じていることは知っていたが、彼が芸能界に戻らない理由の一つが自分だとまでは、夏神は思ってもいなかったのだ。

(俺かて、あいつがここにおってくれて、嬉《うれ》しい。ありがたいと思うとる。せやけど、いつかは自分の道を見つけてここから巣立つもんやと思うとった。そうでないとアカンとも思うとる。そやけど)

妙な息苦しさに、夏神は裸の胸を拳《こぶし》で軽く叩く。

(俺は、いつの間にか、あいつに甘えすぎとったんかもしれん。ちゃんと考えたらんとアカンぞ。しっかりせえよ、夏神留二《りゅうじ》)

夏神は一つ深呼吸して、自分の頬を軽く叩《たた》き、気合いを入れた。そして、やおら声を張り上げ、「風呂《ふろ》、空いたで！」と告げた……。


その日の正午過ぎ、いつもならまだ寝ている時刻のはずだが、夏神の姿は、阪神《はんしん》芦屋駅から特急電車で西へ十分ほどの距離の、三宮《さんのみや》にあった。

今日も、気温は朝から三十度を超えている。だが幸い、灼熱《しゃくねつ》の太陽の下を歩く必要はなかった。

彼が待ち合わせた人物が指定してきたのは、主要な鉄道の駅に直結している広大な地下街、「さんちか」にある店だったのだ。

(ええと……。エスカレーターの近く、薬局の傍……ああ、ここか)

だいたいの場所はインターネットでチェックしてきたのだが、「さんちか」はなかなかかダンジョンめいて入り組んだ構造をしていて、しかも小規模な店舗が多い。初めて訪れる店を探すのは、なかなか骨が折れる仕事なのだ。

幸い、目当ての店はかなりわかりやすい場所にあった。

本店の玄関を飾る水車をデザインしたロゴマークと共に、「正家《まさや》」という店名を染め抜いた暖簾《のれん》がかかっている。その脇にはなかなかのサイズのガラスケースがあり、今どきむしろ珍しい料理サンプルが飾られていた。

一目でわかる蕎麦屋《そばや》だ。

いささか緊張した様子で、夏神は店の前で肩をグルグルと回した。

いつもと違い、亡き恋人の墓参のときくらいしか着ないスーツを着込んでいるので、どうにもこうにも肩が凝る。

緩めていたネクタイをきっちり締め直し「よし」と小声で言ってから、夏神は自動ドアの引き戸から店に入った。

意外と広い店内には、いかにも蕎麦屋らしいシンプルな木製のテーブルと椅子が整然と並んでおり、昼時とあって、ほぼ満席だ。

近づいてきた店員に「待ち合わせで」と一言かけて、夏神は客席をぐるりと見回した。

あちこちパーティションで区切られているため、その向こうにいる人の姿は見えにくい。

「……あ」

ありがたいことに、待ち合わせ相手は、入り口近くの壁際のテーブルで、メモ帳に何やら書き込んでいた。夏神は、足早にそちらへ向かう。

「どうも、お待たせしました」

慇懃《いんぎん》に頭を下げる夏神に気づき、顔を上げたのは、海里の兄、五十嵐一憲だった。

こちらもガッシリした身体を地味だが仕立てのいいスーツに包んだ一憲は、「ああ」と立ち上がり、礼を返した。

大柄な二人がそうやって挨拶《あいさつ》をしていると、まるでアスリート同士の会合のように見える。

テーブルの上には、お茶の入った湯呑《ゆの》みと、板わさの細長い皿があった。一切れ食べた形跡がある。

「すみません。昼時に何も頼まずに待つのもなんだったんで、これだけ注文したんですよ」

「ずいぶん待たせてしもたんですね。すんません」

夏神は済まなそうな顔で一憲の向かいに腰を下ろす。一憲は薄く笑ってかぶりを振った。

「いえいえ、わたしが早く来すぎたんです。こちらこそ、ご足労いただいて申し訳なかったです。今日の午前は、この近くの客先で会議に出ていたもので」

「いや、俺が急に会いたいてお願いしてしもたんで、当然のことです」

まだ緊張の面持ちの夏神は、しゃちほこばって返事をした。そんな彼の前に、一憲は大判のメニューを差し出す。

「とりあえず、注文を済ませましょうか。わたしは決まっているんで、どうぞ」

促され、夏神はメニューを開いた。カラー写真入りの、実にわかりやすいメニューだ。トップに蕎麦に対するこだわりを記したページがある。普段ならすかさず目を通すだろうが、今はそんなものに興味を惹《ひ》かれる余裕はない。

店には申し訳ないが、料理を楽しむために来たわけではないので、夏神はややぞんざいにページをめくった。

「お兄さんは、何を」

「わたしは『石臼《いしうす》とろろざる』にします。とにかく暑いので、喉《のど》越しのいいものが食べたくて……と、仕事じゃないから、俺でいいのか」

夏神の緊張ぶりを感じたのか、あるいは自分もまた硬くなっていることに気付いたのか、一憲はそう言ってジャケットを脱ぎ、ネクタイを緩めてみせた。

そんな一憲の無骨な優しさに、夏神もやっと浅黒い頬にまだ強張《こわば》った笑みを浮かべた。

「ほな、俺も同じもんで。旨《うま》そうですね」

「栄養もありそうですしね。……すみません」

近くを通り掛かった店員を呼び止めて注文を済ませると、一憲は夏神に板わさを勧めつつ、自分から口火を切った。

「思えば、二人だけでお会いするのは、これが初めてですね。弟と家内がお世話になっているのに、俺はあまりお店に伺えていなくて申し訳ありません。いつもありがとうございます」

　態度は砕けていても、口調は一憲らしく、いささか堅苦しい。夏神もガバッと頭を下げた。

「いえ、こちらこそ。弟さんにはよう助けてもろてます。それに……師匠が亡くなったとき、お兄さんと奈津さんにもえらい助けていただいてしもて。あんときのご恩は、それこそ一生忘れたらアカンと思うてます」

「ああいや、それはもう。ああいうときは、お互い様ですからね。俺も奈津も、少しでもお役に立てて嬉しかったですよ」

　上着を脱ごうとしない夏神に、一憲は「楽になさってください」と声を掛けてから、顔を引き締めてこう言った。

「それで……今日は、いったい？　もしや、海里が何か問題を起こしたんじゃないですか？　あいつは悪気はないんですがとんだ粗忽者《そこつもの》なので、きっとご迷惑をおかけしていることと……」

「あ、いやいや！　全然、そないなことと違《ちゃ》うんです。ホンマによう働いてくれてます。今日、ご相談したかったんは、弟さんの将来のことで」

「海里の、将来ですか？」

　意外な話題に、一憲は眼鏡の奥の切れ長の目を瞬《しばた》かせた。弟のような華やかさはないし、着ているものにも話にも面白みはないが、一憲もよくよく見れば整った顔立ちをしている。

「はい。どっから話したもんかわからへんのですけど」

夏神は戸惑いながらも、海里が芦屋に来てからも何度か「芝居」にかかわったことを幽霊の話は抜きで説明し、小説家の淡海五朗《ごろう》が芸能人時代の海里をモデルにした小説を書いていることも話した。

その上で、今朝、つい盗み聞きしてしまったことのおおまかな内容も伝える。

決して雄弁な語り手ではない夏神の話を、一憲は両手の指をテーブルの上で軽く組み合わせ、軽く相づちを打ちながら、真剣に耳を傾けていた。おそらく、公認会計士として、いつも顧客の話をそんな風に聞いているのだろう。

「なるほど、そんなことが」

夏神がひととおり話し終え、一憲が何とも言えない複雑な面持ちでそう言ったとき、店員が重そうなトレーを一度に運んできて、二人の前に一枚ずつ置く。

「石臼とろろざる、お待たせしました～。ごゆっくりどうぞ」

そう言って店員が素早く立ち去った後、二人は同時にトレーの上を見る。

やや白っぽい蕎麦が、丸い皿に敷いた蕎麦簀《す》の上に薄く盛られている。別のけっこう大ぶりの鉢には、真っ白いとろろを気前よく満たし、真ん中に卵の黄身を落としてあった。その周囲に振りかけられた青のりの緑が、なんとも目に鮮やかだ。

その鉢に冷たい蕎麦つゆと刻んだ青ネギ、それにわさびを入れ、蕎麦を絡めて食べるという趣向らしい。

「では、食べながらで」

夏神が遠慮しそうなので、一憲は自分から箸《はし》を割り、とろろに蕎麦つゆを豪快に注いで混ぜた。ひととおり話し終えた夏神も、少し気持ちが落ちついたのか、一憲に倣う。

一見、細くて頼りなく見える蕎麦だが、けっこうなコシがあり、喉越しの良さと同時に、嚙《か》む楽しみも味わえるようになっている。

スーツにつゆを飛ばさないよう慎重に蕎麦を啜《すす》りながら、一憲は夏神の顔を透かすように見た。

「それで、夏神さんは、そういう海里にご立腹なんでしょうか？」

「はい!?　ゲホッ、ゲホ」

予想外のリアクションに驚いて、夏神は蕎麦を吸い込み損ね、盛大にむせる。店員が慌てて持ってきてくれたグラスの水を飲んでから、夏神は驚きを露《あら》わに一憲を見た。

「り、立腹て、なんでそないなことに」

すると一憲は、むしろ困惑の面持ちで小首を傾げた。

「だって、そうじゃないですか？　夏神さんのもとでお世話になるならば、料理の修業に専念すべきところ、一度は捨てた芸能界や演技に未練を残すなど、言語道断……」

「いやいやいやいや！」

　夏神はかぶりを振るだけでは足りず、箸を持ったまま両手を振って、その考えを全否定した。

「俺は別に、イガ……弟さんを自分の後継者にしようと思うてるわけやありません」

　それを聞いて、一憲は訝《いぶか》しげに眉根《まゆね》を寄せた。どこか弟によく似た表情だ。

「そうなんですか？　あいつも料理に目覚めたようですし、そういう師弟関係なんだとばかり」

「いや。俺は、あいつは地方のチンケな定食屋の主人で終わる奴やないと思うてます。勿論《もちろん》、料理が好きやったらやったらええ。教えられることは、何でも教えたりたいです。せやけど……俺と違《ちご》うて、料理はあいつの一生の仕事やないと感じてるんです」

「一生の仕事は、俳優だと？」

「そら、あいつにとって何が一番なんかは、俺にはわかりません。せやけど、うちの店に時々、役者やったときのあいつのファンの子らが来るんですわ」

　一憲は、箸を置いて居住まいを正す。

「はい。もしや、ファンの人たちがお店のご迷惑に？」

「いやいや！　ちゃんと嬉《うれ》しそうに飯食うてくれる、行儀のええ子らです。その子らが、決まって『いつか帰ってきてほしい』て言うていくんです」

「帰ってきてほしい……芸能界に？」

「はい。今のあいつが幸せそうで、元気そうで、ホッとした。せやけどやっぱりいつかはテレビの中のあいつが見たいて、皆さん、口を揃えてそう言わはるんです」

「そう言われたときの弟は、何と？」

「先のことはわからんけど、今はここが自分の居場所やて、決まってそう言うてます。俺は、あいつがそう言うてくれるんが嬉しいです。どこへも行かれんで、住《す》み処《か》を追われた野良犬みたいやったあいつが、俺の店を、俺の家を居場所やと定めてくれたことは、ホンマに嬉しいです。あいつと出会えてよかったと心底思うてます」

　夏神は蕎麦《そば》を多めに鉢に取り、たっぷりとろろを絡めて、啜るというよりは頬張った。

一憲は、何も言わずにただ頷《うなず》き、続きを待つ。

　食べている間に、少し考えが言葉にできたのだろう。夏神は再び口を開いた。

「あいつとロイドがおる今の暮らしは、それ以前と比べもんにならんほど楽しいです。ずっとこんなんやったらええなと思うことはちょいちょいありますけど、人間の暮らしに、『ずっと』はあれへんのです。俺はそれを、嫌ッちゅうほど思い知らされてきました」

　海里から、夏神の亡き恋人や両親のことは聞かされているのだろう。それに加えて一憲は、料理の師匠であり、命の恩人である人物を亡くしたときの夏神の憔悴《しょうすい》しきった様子も目の当たりにしている。

　大切な人を次々と失い続けた夏神の言葉には、容易に相づちを打てない重さと暗さがあった。自分も子供時代に父親を失った経験がある一憲は、やはり今度も無言で小さく頷く。

「そやからこそ、今このときを大事に生きよう。一緒におれる時間を大切にしよう。そう思うて、毎日生きてます。五十嵐さん。俺は、いつかその日が来たら、泣きながら笑《わろ》うて、あいつを送り出してやりたいんですわ」

「それは、今みたいな顔で、ですか？」

一憲の不器用なからかいに、夏神はギョロ目の端に早くも涙を滲《にじ》ませて照れ笑いする。

「すんません。俺、どうも涙もろうて。……あいつが淡海先生の『役者の道に戻りとうないんか』って質問に、今はそないな気になれんと答えたこと自体は、ええんです。その気になるまで、うちにおったらええ。せやけど、世の中には運やらタイミングやらがある。誰かが差し伸べてくれた手をいっぺん払《はろ》うてしもたら、二度とその手は戻ってこおへんかもしれん」

「それは、確かにそうですね。スポーツの世界にも、一度きりのチャンス到来という場面はたくさんあります。それを手中に収めれば勝てるし、逃せば負ける」

いかにも元サッカー部員らしい一憲の言葉に、夏神は深く頷いた。

「あいつの場合は勝ち負けやないんでしょうし、あいつの意思でそのチャンスを見逃すっちゅうんやったら、それは俺が口を出すことやない。せやけど、あいつが『その気になれん』原因の一つが俺やっちゅうんが、俺は困るんです」

「もしや、ご自分が弟の重荷になっているとお考えですか？」

「重荷っちゅうか、足枷っちゅうか。あいつは、俺に恩義を感じてます」

「それはそうでしょう。あなたは海里の命の恩人だ。俺だって、恩義を感じています」

「いやいや！　そないなことはええんです。俺かて、師匠に命を助けてもろた。居場所を作ってもろた。俺は、その真似事をイガにしとるだけです。師匠が、俺を拾って育てて、うまいこと背中を押して旅立たせてくれました。俺も、イガにそうしたりたいんです。それやのに……」

　夏神はどこか悔しそうに唇を噛んだ。一憲は、わずかに残った蕎麦を箸で几帳面《きちょうめん》につまみ、とろろの中に落としながら低く唸《うな》った。夏神は、昂《たか》ぶった気持ちを落ちつかせるように深い呼吸をしてから、こう付け加えた。

「イガは、俺への恩返しが済んでへん、と言うてました。そんなもんは要らん。俺は、師匠に恩返しできへんかったその分を、イガにしてやっとるだけです。あいつもいつか、誰かをそうやって掬《すく》い上げてやってほしいとは願《ねご》うてます。けど、俺には何もして要らん。……たぶん、俺があんまし頼りないから、あいつは俺をほっとかれへんのでしょう。それはアカン。どないかせんと。俺は、あいつの足枷にだけは、なりとうないんです」

　蕎麦を綺麗《きれい》に平らげ、途中で運ばれてきたそば湯で鉢に残ったとろろを溶きつつ、一憲は難しい顔で夏神を見た。

「それで、どうなさるおつもりなんです？」

　敢《あ》えて事務的に問われることで、考えをまとめやすくなったのかもしれない。夏神は一憲の顔を真っ直ぐ見て答えた。

「俺が、背中を押したるべきなんかなと。俺が芸能界に帰れて言うたら、あいつも思い切れるんやないかと、あれから考えました。淡海先生は気のええお方ですし、今からでも俺が一緒にお願いしたら、またチャンスをくれはるん違《ちゃ》うかと思うんで。そやから、お兄さんにも、好きな道に戻れるんやったらそうしたほうがええて口添えをお願いできたらと思いまして」

一憲は綺麗に混ざった鉢の中身には口をつけず、ここに来て初めて、いつもの彼らしいキッパリした口調で拒絶した。

「それは、できません」

夏神は驚いた様子で目を見開く。

「なんでですか？　やっぱし、弟さんの芸能界におった頃の振る舞いが、気に入らんかったからですか？」

一憲は、静かにかぶりを振った。

「確かにあの頃の海里は、鼻持ちならん輩《やから》でした。ですが、途中で道を見失ったとはいえ、役者の道に入ったときのあいつの気持ちは本物だったんだろうと思います。ミュージカルに心身を捧《ささ》げて打ち込む姿は、俺もこの目で見て少しは知っています。……今のあいつなら、あの頃の真摯《しんし》な気持ちを持ったまま、芸能界へ戻っていけるのかもしれません」

「それやったら！」

「ですが、誰かに言われてそうしたのでは、あいつはせっかくの成長のチャンスを失うことになる」

「あ……」

一憲の言葉は明快で、夏神は彼の言わんとするところをすぐに察する。一憲は、今度は頷いて話を続けた。

「他人《たにん》に意見を聞くのはいい。俺だって相談されたら、以前のように門前払いしたりせず、きちんと聞きます。求められればアドバイスもします。しかし、人生の分岐点が訪れたとき、それが必要な分岐点かどうかという判断も、どちらの道を選ぶかも、自分で決めなければ一生悔やむことです」

「自分で……決める」

「俺はかつて、大きな分岐点を迎えたことがあります。憧《あこが》れだったプロサッカー選手への道が拓《ひら》けたときです」

「ああ、その話はイガから聞いたことがあります。家族を養うために、その夢を諦《あきら》めて、堅実な公認会計士の道を選んだて。申し訳ないことをしたと、イガは言うてました」

「それがあいつの愚かなところですよ」

一憲は苦く笑う。夏神は、不思議そうに首を捻《ひね》った。

「愚か、ですか？　俺があいつでも、申し訳ないと思うん違うかな」

「申し訳ないと思うより、感謝されたいですね。そっちのほうがいい」

一憲の言葉は、渋い苦笑いの表情とは裏腹に、不思議とカラッとしている。夏神は、ますます訝《いぶか》しげな口調で訊《たず》ねた。

「感謝、ですか。それは、申し訳ないっちゅう想いの中に含まれるんと違いますか？」

「含まれるじゃ駄目なんだ。百パーセント、感謝がいい。そのほうが、俺が嬉しいんです。……確かに、サッカー選手の道をみずから閉ざすのは、つらかった。悔しい、情けない気持ちも、当時は確かにありました。母親と海里がいるせいで我慢しなくてはならない、と思ったこともあります。それは正直に認めます」

夏神は重く頷く。一憲は、力強い口調で話し続けた。

「今でも、プロサッカーの試合を観ると、あの広大なピッチに立ち、ボールを追って走り回るという未来もあったんだなと時折思います。切ないもんです。それでも俺は、今の自分が好きです。面白みのない職業だと、人は言うかもしれない。けれど、やり甲斐《がい》のある仕事です。母のため、海里のためだと思って勉強し、働いてきました。自分で自分の人生の幅をどんどん狭め、可能性を殺していると感じたこともありましたが、そうではなかった」

「違うんですか？」

「違うし、違わない」

「む？」

一考えてみれば、誰だってそうなんです。一挙両得なんて、滅多にありはしません。ほとんどの人は、一つを選べば、もう一つ二つ、あるいはもっと多くを捨てることになる。そして選択肢は、無限じゃない。どう生きたところで、我々は選択し続け、世界を狭め続け、残された細い道を歩いていくしかないんです。そのときに大事なのは、自分が選択すること。俺はそう思います」

夏神は、言葉を失って、ただつくづくと一憲の四角い顔を見つめる。弟と輪郭線はまったく違うが、一憲の目には、強い輝きがあった。普段は眼鏡のレンズに阻まれているが、海里と同様、相手を真っ直ぐ見返してくる澄んだ瞳《ひとみ》だ。

「今、実家をリフォームすることができて、そこで母親が楽しそうに暮らしていることが。紆余曲折《うよきよくせつ》あっても、あんなに小さくて弱々しかった海里が、偉そうな大口を叩《たた》きながら潑剌《はつらつ》と暮らしていることが、俺を幸福にしてくれています。つらさや寂しさや後悔は、どんな選択をしてもつきまとうものでしょう。かつて、物事が上手《うま》く回らなかったとき、俺は、こんなことなら自分のことだけ考えてサッカー選手になっておけばよかったと何度も思いました」

「弟さんと、上手いこといってへんかった頃ですか」

一憲は少し恥ずかしそうに肯定する。

「そうです。けれど考えてみれば、違う道を選んだからといって、順風満帆の将来が待っていたとは限らない。自分で選んだんだと思えばこそ、歯を食いしばって前に進める。

後悔をねじ伏せることも、挫折《ざせつ》を受け入れることもできる。そして……自分の選択は間違っていなかったと、今は確信しています。これが、人の意見や世間の目に流されて選択したのなら、俺はきっと途中で心が折れて、結局何も選びきれなかった人間になっていたと思います」

「選びきれなかった……。選んだはずの一つも、結局失《うしの》うてしまうっちゅうことですね」

「ええ、以前の海里のように。弟はよく言えば優しく、悪く言えば優柔不断です。すぐに周りに流される。家を飛び出し、家族を捨ててでも選びたかった俳優の道も、いい仕事が回ってこないからと中途半端に放り出した挙げ句、すべてを失って逃げて来た。夏神さん、あなたに助けられて、海里は今、再び自分を育てているんだと思います。今回は、俺に強いられるのでなく、周囲の大人に持ち上げられるのでもなく、色々なことを吸収して蓄え、自分自身の力で、己を鍛え直している。俺はそう感じています」

「それは、俺も感じます。あいつは、日々伸びていきよる。料理も接客もそれ以外のことも。せやからこそ、俺があいつの飛躍を止める足枷《あしかせ》になったらアカンと」

「そこが違うんですよ。あなたは足枷なんかじゃない。かつて、俺が足枷だと思いこんでいた母や海里が、実はそうではなかったように」

一憲は穏やかにそう言うと、夏神の顔を覗《のぞ》き込み、こう告げた。

「俺にとっての母と海里、海里にとっての夏神さん。それはたぶん足枷ではなく、錨《いかり》です」

　大切そうに一憲が口にしたその言葉を、夏神はほとんど吐息の微《かす》かな声で繰り返す。

「錨……」

　一憲は、ゆっくりと頷《うなず》いた。

「羽ばたくのを邪魔する足枷ではない。むしろ、錨となる存在がいればこそ、羽ばたいた後、道に迷ったとき、途方に暮れたとき、絶望したとき、錨を下ろした場所まで戻って身体と心を休め、自分を見つめ直し、また歩き出す英気を養うことができるんです」

　そこで視線を伏せた一憲は、後悔の滲《にじ》む声で付け加えた。

「俺は、そういうことに気付くのが遅かった。だから、俺や母親を錨と思って戻ってきた海里を、すげなく追い払ってしまった。あのことだけは、俺が間違っていました」

「五十嵐さん、それはせやけど、あいつにも原因が」

「それはそうです。でも、一歩間違えれば、あの後海里は命を落としたでしょうし、俺は一生、自分の振るまいを悔やみ続けることになったでしょう。夏神さんは、海里の命だけではなく、俺の心も救ってくださったんです。そして今は、あなたが海里の錨だ」

「俺が……あいつの、錨」

「たとえあなたのもとから旅立っても、あいつにはこの先いつだって、あなたという決して揺るがない錨がある。それがどれほど、あいつの人生に救いとなることか。……ですから、夏神さん。そんな風に苦しまないでやってください」

「錨」

　夏神は、さっきよりはハッキリした声で、もう一度繰り返す。それは、新しい概念を嚙《か》み砕き、自分の栄養にしようとする、野の獣のような声だった。

　一憲も、同じ言葉を口にした。

「はい、錨です。海里があなたを放っておけないのも、恩を返したいと思うのも、あなたが大好きで、あなたという錨と心ゆくまで絆《きずな》を結んでから旅立ちたいと思っているからでしょう。そう自覚しているかどうかは、わかりませんが。ですから、いつ旅立つかは、あいつが決めることです。これは兄としての勝手なお願いですが、あいつをこのまま見守ってやっていただけないでしょうか。無論、俺もしっかり見守りますし、昔も今も、小言を言うのは兄貴の仕事だと思っています」

　一憲の誠実な語り口に、色々なことが腑《ふ》に落ちたのだろう。夏神の全身から、ふわっと力が抜ける。

　ようやくいつもの野性味のある笑みを浮かべ、夏神はのっそりと頭を下げた。

「ようわかりました。俺はどうも、自分のことを悪いほうへ悪いほうへ考える癖があるみたいで、あきませんね。錨か。ええ言葉や」

「ええ、我ながらいいことを言った気がします」

　大真面目に、一憲はそう言って頷く。

　本気だか冗談だか判断のつかないその一言に、夏神は「はい」と頷き、笑みを深くした。その目には、さっきとは違う理由で湧き出した涙がある。

「では、俺は次の仕事があるので、そろそろおいとまします。弟のことを、こんなはした金でお願いするわけではありませんが、ここは俺が」

一憲は実に自然に、かつ驚くほど素早く伝票を取り、上着を腕にかけて立ち上がる。

夏神は、慌ててそれを制止しようとした。

「いや、俺がお願いして会《お》うてもろたんですし、ここは俺が」

「いや、やはり兄の矜持《きょうじ》を守らせてください。……海里を、よろしくお願いします」

きっぱりと言い張って軽く一礼すると、一憲は足早にレジへと向かう。

「あー……重ね重ね、すんません」

そんな一憲の広い背中に囁《ささや》き、夏神は深く礼を返した。そして、頭を上げたとき、夏神には、いつもの彼らしい、頼もしい笑顔が戻っていた……。

＊　　＊

一方、師匠が「ちょっと出てくる。下ごしらえを始めとってくれ」という簡素なメモを残して出掛けた理由が自分だとはつゆ知らぬ海里は、ロイドと二人で店の厨房《ちゅうぼう》に立っていた。

本当は、今日の日替わりは和風ハンバーグのはずだったのだが、昨日、あらかた挽《ひ》き肉《にく》を使ってしまったので、今日は鶏《とり》挽き肉と旬の里芋を使った和風コロッケになった。

ポテトコロッケは大きな俵形に作るので、夏バテしているときには少しヘビーに映るかもしれないが、里芋コロッケは、ピンポン球ほどの小さく丸い形にまとめるので、見た目が可愛らしく、味も意外とあっさりしていて食べやすい。

それでいて栄養は豊富なので、夏の日替わりにはいいだろうと、今朝、店の後片付けをしながら夏神と合意に至ったのである。

「海里様、これはたいそう便利でございますなあ」

エプロン姿のロイドは、カシュカシュと軽快な音を立てつつ、嬉《うれ》しそうに声を弾ませた。

彼の手には四つ切りにした小振りのキャベツがあり、その下には、プラスチックの細長い箱状のものがある。

スライサーだ。

今日は挽き肉も芋も下ごしらえに火を使うので、ロイドにやらせる仕事があまりない。かといって、キャベツの千切りを手でやらせて、何か事故が起きては困るし、そもそもロイドは包丁を使うことがあまり上手ではない。おそらく、うどんのような太さの千切りが出来上がってしまうことだろう。

そこで海里はスライサーを渡し、それでキャベツを細くスライスさせることにしたのである。

昨日はおろし金、今日はスライサーと、台所のちょっとしたガジェットを使うのが楽しいらしく、ロイドは鼻歌を歌いながら、どんどんキャベツをふわふわした軽い千切りにしていく。

そんな姿に、ふふっと微かな笑い声を上げたのは、海里ではなかった。

実はカウンター席に、もうひとりいた。芦屋警察署生活安全課に勤務する刑事の仁木涼彦《すずひこ》である。

夜勤明けや非番の日に、涼彦は営業時間外と知りつつ、たまにこうして店に顔を出す。

彼としては、かつて片想いしていた高校の同級生、一憲の弟ということで、海里を気に掛けており、客として店に行く余裕がないときは、こうして顔を見にやってくるのだ。

そして、手土産に何か持ってくる代わりに、仕込み中の料理を試食させてもらったり、何か簡単な料理を作ってもらったりすることを、密《ひそ》かな楽しみにしているらしい。

「なるほどなあ、ステーキか。竹園の肉なんか食えば、そりゃ夏バテなんか吹っ飛ぶだろうよ。俺も、昨日来りゃよかった」

カウンターに頰杖《ほおづえ》をついてそんなことを言いながら涼彦が頰張っているのは、海里が彼の顔を見てから手早く作って出したカルボナーラである。

涼彦はどちらかというと食べたいものがハッキリせず、なにか腹が膨れて旨《うま》い物が食べたい、というタイプだ。だから海里は、中途半端に余った食材を使って、自分が作りたいもの、食べさせたいものを出すことにしている。

今日のカルボナーラは、あくまでも「なんちゃって」をつけるべき代物だ。

本場のカルボナーラは生クリームを使わず、卵黄とチーズだけでソースを作る。しかし、それだと濃すぎると感じる海里は、生クリームすら使わず、冷蔵庫にたいていある牛乳を加えることにしている。言うなれば、本場のカルボナーラの牛乳割りといったところだろう。

ベーコンがなかったので、三本だけ残っていたソーセージを斜めに薄くスライスしてフライパンでこんがり炒《いた》め、そこに牛乳を注ぎ入れて塩胡椒《しおこしょう》し、沸騰しかけたところで電子レンジで少しだけ固めに茹《ゆ》でたパスタを投入する。次に粉チーズをたっぷり加え、パスタが牛乳を吸い込み、チーズがパスタにトロリと馴染《なじ》んだところで、火を止めて卵黄を加え、しっかり掻《か》き混ぜて、粗挽《あらび》きの黒胡椒を仕上げに振りかける。

イタリアンのシェフが見たら激怒するようなやり方だろうが、海里には、この自作のなんちゃってカルボナーラがいちばん口に合うのだ。

「ステーキじゃなく、お粗末なパスタで悪かったっすね」

海里の皮肉に、涼彦はしれっと応じる。

「まあ、ゴージャスなパスタとは確かに言えないが、旨いぞ、これ。俺はカルボナーラは三口で飽きるほうなんだが、これはスルスルいける。カルボナーラではないんだろうが……いっそ『カイリナーラ』とか言っときゃいいんじゃねえか？……あ、声に出してみたら、死ぬほどダサかった。忘れろ」

勝手に料理名を提案しておいて、涼彦は酷い顰め っ面で首を振る。しかし海里は、嬉しそうに鼻の下を擦《こす》った。

刑事だけあってお世辞や嘘を言うタイプではないので、涼彦の感想は百パーセント本当の気持ちだ。旨いと言われると、海里にはとりわけ嬉しいのである。

「へへ。いいじゃん、カイリナーラ。ダサいけど、いっぺん聞いたら忘れないし」

「お前までダサいって言うな」

「だいぶダサいよ。なあ、ロイド」

同意を求められ、相変わらずキャベツの千切りに励んでいたロイドは、顔を上げ、柔和な笑みを涼彦に向けた。

「わたしには『ダサい』という概念がよくわかりませんが、海里様のお名前を冠した『カイリナーラ』、まことに結構なお名前と存じますよ」

「おいおい。ロイドさんまでか。……てえか、今さらだが、いっぺん確認しておきたいことがある」

「ん、何？」

涼彦は、幾分決まり悪そうにロイドの顔を見ながら、海里に訊《たず》ねた。

「その、ロイドさんが実は眼鏡だってのは、冗談じゃなくてマジなんだよな？」

「……アレ？　あれれ？」

海里は呆《あき》れ顔《がお》で片眉《かたまゆ》を上げ、芝居がかった驚きの表情を作ってみせた。

「俺、そういや仁木さんにはホントのこと言ったよね？　前に、マフラーに宿った女の人の幽霊に会うために、仁木さんがかけた眼鏡がロイドだよって」

ロイドも、ついにキャベツを置き、海里の隣に来て極上の笑顔を涼彦に向ける。

「そうでございますとも。奥池南町《おくいけみなみちょう》の、あの素敵なお人形さんと海里様のファンの女性がいらしたお宅へ伺う折も、仁木様は『眼鏡のわたし』に同行するよう、ご所望だったではありませんか」

「そうそう！　あのとき、アカネさんの家ではロイドは眼鏡でいたけど、展望台では人間だったろ？　車から降りる前に、ロイド、眼鏡から人間に変身したじゃん」

海里も思い出してそう言ったが、涼彦は曖昧《あいまい》に頷《うなず》いた。

「俺はエンジンを切ったり、バッグから財布を出したりしてたから、その瞬間を見てないんだ。だからずっと半信半疑だった。や、頭ではわかってる。いくら役者だからって、お前が眼鏡と会話する芝居なんかする必要はねえし、何もなかった車内から突然ロイドさんが降りてきた理由は、ロイドさんが眼鏡だった以外に思いつかん」

「でしょ？　だったら」

「けど、ロイドさんがあまりにも普通の人間すぎてな。ここに来て会うたび、わからなくなるんだ」

「ああ、それは何となくわかる」

ブスッとした顔で頬杖をついた涼彦に、海里はクスクス笑った。

「俺も、最初に目の前で変身されたとき、信じられなかったもんな。けど……そっか。考えてみれば、あれっきり仁木さん、ロイドを眼鏡扱いしてないね。だから俺も、コロッと忘れちゃってた」

「あ？」

「なんか、仁木さんにもロイドの正体を教えてないみたいな気分になってた。今、確認されて、あれ、そういやちゃんと言ったよなって。ばっかだなー。ロイドのこと隠そうとして、意味のない取り越し苦労とかしちゃった気がする」

　海里の苦笑いに、涼彦も苦笑を返す。

「俺は俺で、あれきりロイドさんが眼鏡だと確かめるチャンスがなかったせいで、何となく落ち着かない気持ちを持て余してたんだが、訊《き》いてスッキリした。……いや、訊いたのには理由があってな」

　食べ終えたカルボナーラ、もとい自分が命名したカイリナーラの皿を脇に押しやり、涼彦はショルダーバッグの中からビニール袋に収めた鏡を引っ張り出した。

　とても涼彦の持ち物とは思えない。楕円《だえん》形の大きな手鏡で、しっかりした木製の持ち手がついている。鏡の縁には、今どき滅多に見ないほどゴテゴテした彫刻が施されていて、あちこちで象牙《ぞうげ》色の塗装が剝《は》げ、木肌が露出してしまっている。

　どこからどう見ても、昭和の産物、しかも女性用のアイテムだ。

「眼鏡のロイドさんは、物に宿った幽霊……魂って言うべきだっけか。それを見ることができるんだろう？　俺のマフラーに宿っていた、あの人の魂を見つけてくれたみたいに」

涼彦の意図が読めず、ロイドと海里は顔を見合わせる。ロイドは、おずおずと答えた。

「はい、そこに魂が宿っていれば、よほど弱っていない限り、感じ取れると存じますが」

「だったら、見てくれねえか、これ」

そう言うと、涼彦は無造作に鏡を素手でビニール袋から抜き出した。

どうやら、事件の証拠物件などではないらしい。海里は、カウンターから身を乗り出して鏡を見る。

「仁木さん、それ、何？　どしたの？」

「や、俺が今、時々様子を見にいく年配の女の人なんだけどな」

「おっ、仁木さんに年上のカノジョさんが！」

「ばーか、知っててからかうな、ガキが」

同性に惹《ひ》かれることを海里には隠さず話している涼彦は、迷惑そうに海里を睨《にら》んだが、怒りもせずに説明した。

「そういうこっちゃねえ。路上で引ったくりにあってな。転倒して、脚の骨にヒビが入ったんだ。独居だし身寄りは遠くにいるってんで、心配だろ？　個人的に、時々様子を見にいってる。……ホントはそういうのはよくねえんだけど、俺が行くってえと、杖《つえ》つかたきゃいけねえのにお茶菓子買って用意してくれたりしてるんだ。お茶の一杯くらいはつきあって、小一時間はお喋《しゃべ》りにつきあってる」

　ロイドは、感心した様子で両手を胸の前で組んだ。

「それはよいことをしておいでですな！　その御仁はきっと、仁木様のおいでを一日千秋の思いで待ちわびておられることでしょう。不幸な出会いではありましたが、よきご縁に繋《つな》げられたこと、ご立派でいらっしゃいます」

「よせって。照れんだろ」

　よほど褒められ慣れていないのか、涼彦は本気で顔をうっすら赤らめ、片手で鏡を持ち、自分の顔を映す仕草をしてみせた。

「そんな付き合いがこれで四ヶ月ほどなんだがな。一昨日《おととい》訪ねたら、元気がないんだよ。で、具合でも悪いのかと訊ねたら、この鏡を持ってきて、暗い顔で言うんだ。『この鏡から、声が聞こえる』って」

　興味を惹かれた海里は、さらにつま先立ちになって、古びて部分的に曇った鏡を覗《のぞ》き込んだ。海里の整った顔が、ちょっと歪《ゆが》んで映る。

「うわ、年季入ってんな。誰の声がするって言ってるの、その人？」

「何十年も前に亡くなったご主人の声だって言うんだよ。その鏡、生前にご亭主から誕生日祝いに贈られたものらしい。ずっと声が聞こえてたんですかと訊いたら、ここ二週間くらいのことだそうだ。『そろそろこっちへ来たらどないや』って、夜な夜な声が聞こえる。足の具合もよくないし、何だか色々つまらなくなった。そろそろ夫にも会いたい気がするから、誘われるままにあの世に行ってしまいたいけど自殺は怖い、なんて真顔で言うもんでな。こっちも心配になって、とりあえず鏡を預かってきたんだ。署《かいしゃ》に置いておくのもなんだから、うちに置いてたんだが」

「何か聞こえたっ？　鏡、喋ったの？」

海里がワクワクをこらえきれずに訊ねると、涼彦は首を横に振った。

「いや、何も。ただ、本当のところはどうなのか、気になってな」

「ホントに、死んだ旦那《だんな》さんの魂が鏡の中にあるかってこと？」

「ああ。昔の俺なら笑い飛ばして病院に行けって言ったと思うが、何しろ、ずっと持ってたマフラーにあの人の魂が宿って、俺を見守っててくれたって知っちまったからな。……万が一、この鏡に本当に死んだご亭主がいて、奥さんをあの世に誘ってるんだとしたら」

「したら？　仁木さん、どうすんの？」

海里に追及されて、涼彦は薄い唇をへの字にした。

「一応、奥さんはもっと生きられそうだから、今しばらく誘わないでやってくれって説得するくらいのことは、ロイドさんに頼もうかと思う。なにしろ俺は生活安全課の一員だからな。事件被害者の生活の安寧を守る義務が、まあ、ある」

「なるほど。確かに仕事のうちかもね。……なあ、どうなんだ、ロイド？」

「かしこまりました！　では、さっそく」

一応、主《あるじ》の許可を得てからと思っていたのだろう、ロイドは早速、涼彦の手から鏡を受け取り、鏡の縁にそっと額を押し当てた。意識を集中している様子のロイドの邪魔をしないように、涼彦と海里は息をひそめて見守る。

だが、意外と早く鏡から額を離したロイドは、ゆっくりとかぶりを振り、鏡を涼彦に返した。

「残念ながら、この中にはどなたもいらっしゃいません」

海里は、自分も鏡を受け取って、ロイドと同じようにしてみたが、すぐに離して「俺にも感じられないや」と言った。

涼彦は、安心したような落胆したような、実に複雑な表情で鏡を持ち、「本当か？」と念を押した。海里とロイドは、同時に頷く。

「俺はともかく、ロイドがいないっつったら、いないよ」

「そうか。それなら……どうすっかな」

涼彦は、鏡をビニール袋にしまいながら困り顔で呟《つぶや》く。海里は、空いた食器を下げ、食後の冷たい麦茶を涼彦のためにコップに注いでやりながら、フフッと笑った。

「何だよ、仁木さん、結果を聞いたあとのこと、考えてなかったの？」

「ご亭主の幽霊入りなら説得する、以外のケースは、正直、考えてなかったな。そうか、ただの鏡か。逆にそのほうが、始末に困るな」

ロイドも海里が下げた食器をシンクに運びながら、小首を傾げる。

「幽霊は入っていませんとご説明申し上げて、その方にお返しになればよろしいのでは?」

それは実に合理的かつシンプルな提案であったが、涼彦は即座にかぶりを振った。

「いや。それがいいとは限らん。もし、あの人がご亭主の幻聴を聞いていたとしたら、そんな説明は意味がないかもしれんだろう。俺の言葉を信じるかどうか、わかったもんじゃない」

「幻聴ってことは、心の病の可能性も考えてるんだ?」

「まあ、歳も歳だ。それまで活動的だった人が、怪我のせいで趣味の習い事に通えなくなったり、気軽に出歩けなくなったら、気持ちも頭も衰える……かもしれんだろう」

相手を慮《おもんぱか》ってあくまで可能性を語るにとどめ、涼彦は小さく嘆息した。

「人間は、難しいもんだ。俺は刑事だから、色々な人とたくさん話をしてきた。だから知ってる。人間の言葉と心は、ときにちぐはぐだ」

眼鏡であるロイドには、不思議でたまらない話なのだろう。彼はカウンターを出て、涼彦のすぐ傍に立った。

「さようでございますか? 夏神様も海里様も、そして仁木様も、わたしが存じ上げる皆様は、心の内を率直に言葉になさる方々だと思っておりましたが」

「そうだな。確かにロイドさんの周りには、馬鹿正直が多いかもしれんな。俺も含めて」

　澄ました調子でそう言って、涼彦は鏡をしまった袋をしげしげと眺めた。

「人間は、嘘をつく。いい嘘も悪い嘘もある。意識的につく嘘も、無意識の嘘もある。とにかく、一生に一度も嘘をつかない人間なんて、そうそうお目にかかれたもんじゃねえ」

　ロイドと海里は、再び困惑の視線を交わす。海里は、考え考え、推論を口にした。

「それって、その女の人が嘘をついてる可能性もある、って言いたいわけ？」

　涼彦は、曖昧《あいまい》に頷《うなず》く。

「あくまでも可能性だがな。人の心は単純じゃねえ。ご亭主に会いたいってのも、自殺は怖いってのも、そのまんま真に受けちゃいけねえんだ。もしかしたら、心は逆かもしれない」

　海里は複雑な面持ちで、腕組みして唸《うな》った。

「うーん。それはそうかもだけど、仁木さん、いつもそんなこと考えて生きてんの？　俺なら、人間不信になりそう」

「なんでだよ」

「だって……。人の心の裏ばっか読むとかさ。つらくない？」

　海里の率直な疑問に、涼彦は片眉《かたまゆ》を吊《つ》り上げた。

「そういう風に言われると、俺が性悪みたいだろうが。誰彼構わず疑ってかかるとか、そういうんじゃねえんだ」

「違うの？」

「違う。相手が本当に考えてること、本当に望んでること、本当に企《たくら》んでることは何だろうと考えるためには、相手の話を何一つ漏らさないよう聞いて、表情を読んで、必要なら情報を集めなきゃならん。それだけ、相手と真剣に付き合うってこった。悪いことじゃないだろ」

「そう言われてみれば……そっかな。ものは考えようか」

「ああ。お前も、役者だった頃は、そういうことをしてたんじゃないのか？　俺は門外漢だからわからんが、前にテレビで、もう死んだ有名な俳優が言ってた。演じる役のことは、台本に書いてない、その人間の朝起きたときから夜寝るまで、生まれたときから死に様までをイメージできなきゃいけないって。それって、俺と同じことをやるわけだろ？」

　涼彦の指摘に、海里は目を丸くした。

「そっか……。ホントだ。俺、初めて役を貰《もら》ったときに、原作読み込んで、口調真似して、表情真似して、一日じゅう、そのキャラになりきって過ごしたよ。寝起きはいいかなとか、朝飯食うかなとか、高校で早弁するかなとか、色々想像した。……そっか。俺、自分の演じるキャラクターと、そんだけ真剣に付き合ってたってことだな」

　涼彦は満足げに頷き、鏡をバッグにしまい込んで立ち上がる。

「そういうことだ、わかったか？」

　海里は素直に頷く。

「わかった。なるほどなあ。刑事と役者に共通点があるなんて、思わなかった。……で、その鏡、結局、どうすんの？」

　涼彦は、少し考えてから答えた。

「とりあえず、今のあの人の精神状態も気になる。事件以降、世話になっているという医療ソーシャルワーカーに連絡を取ってみようと思う。幽霊絡みじゃないんなら、こっちも安心して相談できるってもんだ」

「なるほど。それもそうだ」

「鏡の持ち主が、心安く日々をお過ごしになれるとよいですね。願わくは、せっかくの亡きご夫君からの贈り物のこの鏡も、ご夫君の代わりに細君に再び添うことができるようになりますよう」

　海里は納得顔になり、ロイドは心優しい願いを口にする。

　それに対して、涼彦が何か言葉を返そうとしたとき、カウンターの上に置いてあった海里のスマートフォンが、盛大に着信音を鳴らし始めた。

　半ば反射的に手に取った海里は、液晶画面に弟分の李英の名を見て、「あ」と声を上げた。

「出ろよ。じゃ、俺は行くな。ロイドさんも、また。マスターによろしく」

早口に言って片手を上げ、涼彦は店を出て行く。ロイドは海里の電話の邪魔をしないよう、抜き足差し足で涼彦を見送るために外へ出て行く。

二人の背中を見送り、海里は通話ボタンを押し、スマートフォンを耳に当てた。

「もしもし、李英？」

呼びかけると、スピーカーの向こうから李英のよく通る少し高めの声が聞こえた。

『先輩、こんにちは！　ええと、今、大丈夫ですか？』

「おう、平気。どした？」

『どうしたっていうほどじゃないんですけど、ちょっと、ご報告とお願いがあって。ちょっとのあいだ、話しても大丈夫ですかね？』

「何だよ、たとえ大丈夫じゃなくても、そんな前フリされたら聞かずにいられないだろ。つか、大丈夫だから、勿体《もったい》ぶらずに早く言えよ」

店に戻ってきたロイドに片手を上げて合図して、海里は先をせっつく。

『ええと、ですね。実は……』

あまり要領が良くない李英の話に、ふんふんと適当な相づちを打ちながら聞いていた海里は、突然、「えええええ⁉」と驚きの声を上げた。

そして、ビックリして飛び上がるロイドに構わず、「やったな！」と、ガッツポーズと共に大きな声を上げた……。

　翌日の午後一時、海里は、JR三宮駅から北、もとい山側へ百メートルほど行ったところにあるカラオケ店に来ていた。

　そこで会う約束をしているのは、海里のミュージカル時代の後輩、里中《さとなか》李英である。役者の道から外れ、テレビのバラエティ番組に舵《かじ》を切った海里と違って、李英は舞台俳優をこつこつ続けて経験を積み、若手の有望株として注目を集めるほどになった。

　今は、所属していた大手芸能事務所を活動方針に関する意見の食い違いで辞め、充電中の身の上だ。

　ちょうどいい機会だからと、カメラや人の目に追われやすい東京を離れて関西にやってきた彼は、色々な場所で暮らし、生の方言や文化に触れ、様々なアルバイトを経験している。

　すべてはこの先も役者として生きていくにあたって、演技の引き出しを増やすための自己研鑽《けんさん》であるらしい。とにかく、大変な努力家なのだ。

　昨日、李英から電話で「頼みたいことがあるので会いたい」と言われ、この場所を指定されたが、理由を訊《たず》ねようとしたところで店に常連客が差し入れを持ってきてくれて、慌てて会話を切り上げる羽目になってしまった。ゆえに海里は、詳しい事情をまだほとんど知らない。

先に来て、四人用とおぼしき部屋を確保していた李英は、海里の姿を見るなり弾《はじ》かれたように立ち上がって、ペコリと頭を下げた。

「わざわざこんなところまで来てもらっちゃってすみません、先輩。ついさっきまで、この近くで引っ越しのバイトがあったもんで。お仕事、大丈夫でしたか？」

海里は屈託ない笑顔で頷《うなず》いた。

「うん。夏神さんが、『弟分の頼みやないか、仕込みなんぞ心配せんでええ』って言ってくれた。もともとひとりでやってた店だから平気だって」

それを聞いてホッとした様子の李英はそこでようやく頭を上げ、海里の後ろから入って来たロイドに気づき、わっと声を上げた。

「ロ、ロイドさんまで来ちゃったんですか？　ホントにお店、平気ですか!?」

こちらは涼彦と違い、本当にロイドの正体を知らない李英なので、早くも興味津々の眼差《まなざ》しをカラオケ機器に注いでいる英国紳士の姿に驚きを隠せない様子だ。

海里は頭をポリポリ掻《か》きながら弁解した。

「や、店は夏神さんが大丈夫ってんだからホントに大丈夫だけど、こいつを勝手に連れてきちまって、こっちこそ悪い。今まで、カラオケボックスに来たことがないんだよ。

だからついてくるってきかなかったんだ。邪魔なら放り出すから」

「やや、放り出すとはご無体な」

ロイドは大袈裟《おおげさ》にのけぞってみせ、李英は慌てた様子で首を振った。

「いえいえ、全然大丈夫です！　っていうか、カラオケは世界じゅうに普及してるって聞きますけど、他の国には、こんな小さなボックスはないんでしょうか？」

李英は、気のいい笑顔でロイドに笑顔で話しかけた。ロイドも、いかにも楽しげに答える。

「確かに、コンパクトでございますねえ。まるで茶室のようで、侘《わ》び寂《さ》びを感じます」

ロイドの奇妙な感想に、海里と李英は同時に噴き出した。

「茶室かあ。ロイドさんの発想って、斬新ですね。見習わなきゃ」

心底感心したらしく、李英はロイドに尊敬の眼差しを向ける。海里は呆《あき》れ顔で、クッションの硬いソファーにどっかと腰を下ろした。

「見習ってどうすんだよ。茶室はもっと真四角だし、この環境、侘びても寂びてもねえだろが。それより李英、昨日の話、マジか？　ササクラサケルに仕事のオファーを貰《もら》ったって。凄《すご》いじゃん」

「はいっ！　といっても、ちょっと事情があるんですけどね」

李英は海里の向かいに座って、嬉《うれ》しそうに頷いた。海里の隣に落ちついたロイドは、まだキョロキョロしながら小首を傾げる。

「ササ……何と仰《おっしゃ》いました？　ササクレムケル？」

「ちげーよ、それだと痛いだけだろ。ササクラサケル！　俳優だよ。知らないか？」

ロイドは首を左右に二回ずつ倒してから、「いえ、生憎《あいにく》」と答えた。

これだから眼鏡は……と言いかけてすんでのところで言葉を呑《の》み込み、海里はロイドのために手短な説明を試みた。

「ササクラサケルは、言うなれば俺たちの俳優業の大先輩なんだ」

だが、ロイドはすぐさま質問を挟む。

「俳優業の大先輩は、その方以外にも数え切れないほどいらっしゃるのでは？」

「だから、その理由を今から言うとこだったんだってば」

「これは失礼をば。わたしは沈黙を守りますゆえ、ささ、続きを」

口の前で両手の人差し指を「×」の形に交差させてみせるロイドのコミカルな仕草に、李英は面白そうに笑う。

海里はやれやれといった様子で話を再開した。

「ササクラサケルは四十年……いや、もうすぐ四十五年だっけ。そのくらい前に、マンガが原作の、子供向けのテレビドラマでデビューしたんだ。当時は子供向け番組に出る役者って軽く見られがちで、なかなか活動の幅を広げにくかったんだけど、ササクラサケルはテレビも舞台も、どんなチョイ役でも地道にこなして、ついにゴールデンタイムのドラマで主役を張るような役者になったんだ。今はそういう役者も全然珍しくないけど、ササクラサケルがパイオニアだったわけ」

そこでロイドは、口元から離した手をポンと打った。

「なるほど。同じく、マンガが原作のミュージカルでデビューなされたお二方にとっては、綺羅星《きらぼし》のような大先輩であらせられるわけですな」

海里は頷き、李英も柴犬《しばいぬ》を思わせるつぶらな目を輝かせて同意した。

「そうなんです！　僕たちはみんな、ササクラさんみたいになりたいってよく言ってます。ササクラさんは役者だけじゃなくて、映画監督や舞台の演出もやってらっしゃるんですよ。還暦を過ぎてもチャレンジをやめないところ、凄く尊敬します」

「ご立派な方なのですねえ。そのササクラさんに、里中様はお仕事を依頼されたと？」

ロイドは、海里や李英の熱っぽさに釣られて、自分もウキウキした声で問いかける。

李英は、はにかみながらも誇らしげに頷いた。

「はい。それについては、経緯を説明しなきゃいけないですよね。ササクラさんのデビュー作の脚本を担当された、高居篤《たかいあつし》さんという方がいらっしゃるんです。先輩はご存じですよね？」

問われた海里は、迷わず即答する。

「勿論《もちろん》。ガキの頃に見てた特撮番組の脚本、けっこう高居さんが書いてたんだよな。あとで知ったけど」

李英も「ですよね」とちょっと笑ったが、すぐに真顔に戻ってこう言った。

「高居さんは、その後もササクラさんと色んなドラマを一緒に創り上げてきたんです。ササクラさんが監督業を始めてからは、まさに二人三脚の相棒って感じで。ササクラさんの作品の脚本はすべて、高居さんが担当しておられました。でも、その高居さんが、半年前に急死なさったんです」

「そうそう、俺もそれ、ネットで知ったよ。心臓病だっけ」

「僕も詳しくは知りませんけど、そうみたいです。高居さんは、ササクラさんが次に演出する舞台の脚本を執筆中に、心臓発作を起こして亡くなりました」

声のトーンを下げる海里と李英に、ロイドも白髪交じりの眉《まゆ》をハの字にする。

「それはお気の毒に。ではその脚本は、未完の大作というわけですな!」

「そうです。スポンサーは、他の方に脚本を引き継いで完成させてもらうようササクラさんに要請したそうですけど、ササクラさんは、それを断固拒否しました」

「マジで!?」

海里は驚いて目を剝《む》いた。

「なんでまた? いくら二人三脚だからって、高居さんが亡くなって、ササクラさんまで引退するわけじゃないだろ? 誰か他の脚本家を見つけるしかないじゃん」

海里のもっともな疑問に、李英は痛ましげに目を伏せて答える。

「それが、その脚本、ササクラさんと高居さんが何年もかけて一緒に構想を練った、まったくのオリジナルなんです。だから、他の人の筆が入ってしまったら、それはササクラさんと高居さんの作品じゃなくなるって、そう仰ったんですって」

ロイドは、残念そうに嘆息する。

「お気持ちはごもっともですが、ではそのせっかくの作品は、お蔵入りに？」

李英は、小さくかぶりを振った。

「いえ、ササクラさんは、未完の状態がこの作品の完成形だ、それでいいって仰って、未完のままの脚本での上演を決めたんです」

「マジかよ。未完っても、ほとんど書けてたわけ？」

「いえ、八割ほどだそうです」

「八割ってことは、ちょうど山場に差し掛かる頃じゃないのか？」

「そうなんですよね。でもササクラさんはそれでやると言い張って、スポンサーは、それでは公演に値しないと降りてしまいました」

「そりゃそうだよな。未完のままで堂々と板に掛けられんのなんて、宮沢賢治《みやざわけんじ》のアレくらいじゃね？」

「ああ、『銀河鉄道の夜』ですね！」

李英は嬉しそうに手を打ち、海里も目を細める。

「懐かしいな。ミュージカルが終わってすぐ、お前と一緒に出た舞台の演目だったよな。お前がジョバンニで、俺がカムパネルラで……まあ、なんつーか、蓋《ふた》開けてみりゃ、俺たちを客演で呼んだ劇団の客寄せパンダに使われただけだったんだけど。俺たちだけ打ち上げに呼ばれないなんて、最悪な経験をしたっけなあ」

後半でうっかり穏やかならぬ回想を始めてしまった海里の表情は、みるみる曇っていく。李英は慌ててとりなした。

「そのことはもう忘れましょうよ。先輩と共演する機会を貰えただけで、僕、幸せでしたから。それはともかく、ササクラさんは、それならばと、自主公演を決意なさったんです。ご自分が演出も主演も務めて、高居さんの追悼公演をしようって」

ロイドはササクラの意志の強さに感銘を受けたらしく、うんうんと何度も頷《うなず》く。

「お二方の深い友情を感じますね。まるで海里様と李英様のようです」

海里と李英は顔を見合わせ、照れ笑いをする。だがすぐに、李英は説明を再開した。

「でも、すべてササクラさんの持ち出しですから、色々大変だと思います。先輩はご存じですけど、ロイドさん、舞台公演って、凄く大変なんです。会場費、機材レンタル代、色んなものの輸送費、みんなの交通費、人件費、スタッフや役者さんのギャラ、ケータリング……とにかく、ビックリするくらいお金がかかります。でも、今回は高居さんの追悼公演ですから、ササクラさんと高居さんのことをよく知る役者さんやスタッフさんがほぼ手弁当で参加して、東京の劇場で三日間の公演を打ったそうです。幸い、それが満員御礼で、お金のやりくりがどうにかつきそうなので、新神戸《しんこうべ》オリエンタル劇場でも、一公演だけ行うことが決まりました。チケットの売れ行きもいいみたいです」

「マジか。俺、すっかりその手のことに疎くなってたなあ。新神戸オリエンタル劇場っていえば、このへんじゃかなり立派なハコだぞ。もしかしてお前、その舞台で役を貰ったわけ？」

李英はニッコリ笑って頷いた。

「そうなんです。カンパニーのメンツは東京公演と同じなんですけど、キャストの中でひとりだけ、どうしても東京でその日にドラマの収録があって、参加できない役者さんがいるんですよ。僕、舞台のお仕事を何度かご一緒した縁で、ササクラさんと連絡先を交換してましたし、関西に来たのも、実はササクラさんのアドバイスがあったからなんです」

海里はパチリと指を鳴らす。

「グッジョブだな！　ササクラさんがお前がこっちにいることを思い出して、抜擢《ばってき》してくれたのか！　すげえじゃん。あっ。でも、辞めた事務所は大丈夫か？　ほとぼりが冷めるまで、大人しくしてなきゃいけないんだろ？」

李英は恥ずかしそうに頷く。

「前の事務所には、僕がお受けした後すぐ、ササクラさんがきちんと筋を通してくださったそうです。まあ、そういうわけで、今回のオファーは完全な棚ボタなんです。しかも、たった一公演のお仕事ですしね」

そんな李英の謙遜《けんそん》を、海里はすぐさま窘《たしな》めた。

「何言ってんだよ。大事な相棒の追悼公演だぞ？　誰でもいいわけねえだろ。ササクラさんは、お前の実力を買ってくれてんだよ！　その期待に応《こた》える絶好のチャンス到来じゃねえか」

「それは勿論、そうなんですけど」

「俺たちは板に立ったら、常に最高の自分を見せる。それが、ミュージカルをやってた頃の、俺たちの合言葉だっただろ。何公演あろうと、一回一回が勝負だ。棚ボタとか舐《な》めたこと言ってる場合じゃねえ。本番がいっぺんしかないってことは、そこでベストを出せなかったら、チャンスは二度とこないんだぞ」

「は、はいっ！」

　李英は神妙な顔になって、背筋をピンと伸ばす。昔と少しも変わらない李英のそんな態度に、海里は「あー」と奇妙な声を出し、ガックリ項垂《うなだ》れた。

「悪い。昔ならともかく、今の俺に、お前に偉そうなこと言う資格はないよな」

「そんなことはないです！　僕、昨日、先輩が物凄《ものすご》く喜んでくれて、嬉《うれ》しかったです。今も、そうやって昔みたいに叱ってくれて、滅茶苦茶《めちゃくちゃ》気合いが入りました。だから……その、またしてもお願いしたいことが、あって。いつもお願いばっかりで恥ずかしいんですけど」

　顔を上げた海里は、不思議そうに李英の顔を見た。

「何だよ。俺、お前の頼みを断ったことなんかないだろ？　さっくり言えば……あっ、もしかして、テンション上げるために、壮行会的なものを希望してる？　わかるわかるその気持ち。お祝いカラオケか、これ！　早く言えよ」

　そう言うなり、スタンドに立てたマイクに手を伸ばそうとした海里を、李英は慌てて制止した。

「じゃ、なくて！　いや、テンションは上げていかなきゃなんですけど、もっと深刻な問題があるんです。それにまつわるお願いが」

「へ？　何？」

　キョトンとする海里に、李英は両手を腿《もも》の上にきちんと置き、この上なく真剣な顔で告げた。

「神戸公演、四日後なんです」

　一瞬の沈黙の後、海里の驚きの声が狭い部屋に響き渡った。

「ちょ、ちょっと待て。四日後⁉　稽古《けいこ》とかは？」

　李英は力なく首を横に振る。

「僕以外は東京公演と同じ座組《ざぐみ》ですし、何しろ皆さん仕事の合間のギリギリ参加ですから、神戸公演用の稽古は無理です。当日のリハが、僕の初参加で、同時に最終の稽古になります」

　ようやくことの深刻さを悟り、海里の顔も引き締まる。

「今日が金曜だから、土、日、月……で、火曜が本番か。マチネ？　ソワレ？」

「早めのソワレです。そのまま東京にとんぼ返りしなきゃいけない人も多いので」

「なるほど。ってことは、火曜の昼にリハだな。時間ねえな。大丈夫か？　オリジナル作品の初演ってことだろ？　過去の上演のＤＶＤで予習ってわけにいかないからな。東京公演の録画は？」

「一応いただきましたけど、あんまり画質がよくないし、俯瞰《ふかん》なんです。だから、大まかなイメージと動きを摑《つか》むくらいしかできないかなと」

「そっか。でもまあ、何もないよりは全然マシだな。お前の役、出番はどのくらいなんだ？」

「幸か不幸か、そんなに多くはないです。ただ、長台詞《ながぜりふ》がいくつかあるんで、それが課題になりそうです」

「そっか。それならまあ、頑張れば何とかなるか。歌舞伎の人たちは、一晩でなんとかするって言うしな。人間、やればできる。たぶん」

急に真剣に話し込む海里と李英を、ロイドはさっきまでのはしゃぎようはどこへやら、穏やかな笑みを浮かべて見守る。

「それで？　台本《ほん》は？　もう貰《もら》ったんだろ？」

「これです！」

そう言って、李英は緑色の表紙がついた台本を取り出した。しかし、それを海里に渡そうとはせず、真ん中に挟み込んであったコピー用紙を束ねて二つ折りにしたものを抜くと、それを両手で恭しく海里に差し出した。

「え っ？」

面食らう海里をまっすぐ見つめて、李英は声のトーンを一段上げた。

「さすがに、僕が出ない部分まで他の人に見せるのはルール違反だと思うので、僕の出番だけコピーしてきました。先輩、どうか僕を助けてください」

「へ？」

事情がわからないまま、李英の気迫に押されて、海里は紙束を受け取り、開いてみた。

「うわあ……懐かしいな」

そんな呟《つぶや》きが、海里の口から零《こぼ》れた。

台本の書き方には、厳密なルールはない。

それでも、台本の最初のパートにはすべての登場人物と演者が列記されるものだし、本文は必ず、場所やキャラクターの出入りや行動を指示するト書きと、それぞれの登場人物ごとの台詞とで構成される。

場面の区切り方や、ト書きの分量や細かさ、台詞回しなどに、書き手の個性が強く出るというわけだ。

海里に渡されたのは、「7」から「9」までナンバリングされた台本の一部だった。第七場から第九場、つまり七番目から九番目の場面という意味である。

全部で十七枚ある紙片をめくりながら素早く目を通す海里に、李英は作品の概要をざっくりと説明する。

「これは、ササクラさんが演じる年老いた俳優、境川《さかいがわ》が、若い頃、自分が裏切った仲間たちを訪ね歩く、ロードムービーみたいなストレートプレイなんです」

「へえ……。なんでまた、そんなことをするんだ？」

「境川は、病気で余命半年と医師から告げられて、昔のことを思い出すんですよ。若い頃、自分が有名劇団に引き抜かれたせいで、看板役者を失ったもとの小さな劇団が解散したってことを。そのときの後ろめたさを解消してスッキリ死にたいって、旅に出るんです。けっこう身勝手ですよね」

「なんだ、謝りたいっていうより、謝って自分がスッキリしたいだけかよ」

そう言ってやっと顔を上げた海里に、李英は笑って台本を振ってみせる。

「ホントに。実際、訪ねてみると、生きている人も死んでしまった人もいますし、反応も様々です。まだ恨んでいる人もいれば、境川のことなんかすっかり忘れて自分の人生を生きている人もいれば、境川の活躍を遠くで応援してくれていた人もいる」

「なんか、ササクラさんらしいストーリーだな。すげえ刺さるわ。心臓痛い」

濡《ぬ》れ衣《ぎぬ》とはいえスキャンダルが原因で芸能界を去ったことで、ファンを裏切った自覚のある海里は、息苦しさを自嘲《じちょう》めいた軽口に紛らわせ、胸元を押さえる。

だが、生真面目な李英がオロオロするので、すぐに「冗談だって」と笑って、自分の手の中にあるコピーに視線を落とした。

「なるほど。お前が登場する第七場は、田舎の小さな食堂が舞台か」

李英は気を取り直して頷く。

「訪ねた仲間が既に死んでいたので、ガッカリしての帰り道、夕飯を食べにその店に寄るんです。そうしたら食堂の主人が境川のことを知ってたんですよ。持ち上げられて気をよくした境川が、その街を訪れた理由を話していると、同じカウンター席で飯を食っていた若者が突然立ち上がって、境川を睨《にら》みつける。その若者が、僕です」

「おおー！　おっと、失礼致しました」

それまで地蔵のように無言かつ不動だったロイドが、まるで李英が舞台に登場したように歓声を上げ、海里に睨まれて、すぐさま亀のように首を縮こめてみせる。

海里は、うんうんと頷きながら台詞に目を通していく。

「お前が演じるのは、この、マサルって奴だな。こいつは……」

「境川が訪ねた、元劇団仲間の孫です。マサルは、境川が口にした亡き祖父への言葉に、猛烈に腹を立てるんです」

「んー、どれだ……？　ああ、これか。『生きているうちに一言謝りたかったが、考えてみれば、あいつはあっさり役者を辞めて故郷に帰り、小さな雑貨屋の親父で一生を終えた。もう、劇団解散の時点であいつの夢は燃え尽きていたんだ。その程度の夢だ。わたしが謝るほどのことじゃなかったかもしれん』……って奴だな」

海里は、特に感情を込めず、早口にその台詞を読んだ。李英は、こっくり頷く。

「そうです。マサルは、手に持っていたグラスの水を、境川の顔にぶっかける。境川は怒りますが、マサルはもっと激怒しています。亡き祖父は、実家の店を守り、家族を養いながら、決して演劇への愛情を失っていなかった。公民館で子供たちのために人形劇をするグループを主催したり、今どき滅多に見ない紙芝居をみずから作って、保育園を訪問したり。慎《つつ》ましい暮らしの中で、演じることを愛し続けてきたんです」

「……ご立派でございます！」

早くも登場人物に感情移入して、ロイドはうっすら涙ぐんでいる。海里は苦笑いでそんなロイドをチラと見た。

「マジで刺さるわ……。いい役貰ってんじゃねえかよ」

「はい。境川の心に深い楔《くさび》を打ち込む、キーパーソンのひとりだって言われました。大事に演じなきゃって思います。だから、先輩」

「あ？」

「読み合わせの相手をお願いしたいんです」

「俺に？　待て待て、それって、俺に境川役をやれってこと？」

「はい。それと、食堂の親父も」

「ええと、つまりこの場面、三人しか出てこねえから、お前以外を俺にやれって？　マジかよ」

戸惑う海里に、李英は必死の形相で訴えた。

「お願いします！　昔から僕、相手がいないとどうも台詞回しの感覚が摑みにくくて。

特に今回は、日がないので……先輩だけが頼りなんです！」

「海里様、ここは是非とも！　夏神様も、李英様のお力になってやれと仰せだったではありませんか」

李英の懇願に心動かされたらしく、何故かロイドも一緒に声を合わせ、「よろしくお願いします！」と、海里に頭を下げる。

狭い室内で二人に最敬礼され、海里はゲンナリした顔で、特大の溜《た》め息《いき》をついた。

「やらないとは言ってないけど、相手が俺で大丈夫か？　それこそ、舞台の録画を見て、もともとマサルをやってた役者に合わせたほうがよくね？」

「いえ、それは絶対にするなとササクラさんにきつく言われてます」

「そうなのか？」

「はい。『俺は規格どおりの部品がほしいんじゃねえんだ、役者がほしいんだ。お前がどんな芝居を作り上げてくるか楽しみにしてるし、どんな芝居でも、俺が受け止める』って、電話で言ってくださいました」

「……うわ、もう何もかもが刺さる。俺もう、針山状態だよ」

おどけてみせながらも、海里の顔は真剣そのものだ。彼は、李英とロイドを順番に見て、自分の意思を確かめるように小さく頷いた。

「わかった。ササクラさんの出てたドラマはよく見てたから、何となく台詞のテンポとかはわかると思う。食堂の親父は……どのくらいの年代だ？」

「演じてるのは、三十代前半くらいの役者さんでした。僕は知らない方なんですけど」

「オッケー。わかった。今日から始めても、あと三日しかねえもんな。明日《あした》と明後日《あさって》は休みだから、好きなだけ付き合える。月曜も、今日と同じように、仕込みを夏神さんに頼んでみるよ」

李英はなお不安げな様子で海里の笑顔を見た。

「大丈夫でしょうか。夏神さんに申し訳ないな」

「夏神さんは、困ってる奴を見捨てろだなんて絶対に言わない人だって。俺も、週末の夜に、やれる仕込みはやるようにするよ。どうせなら、悔いが残らないように頑張ろうぜ。な？」

「はいっ！」

海里が突き出した右の拳《こぶし》に、李英は嬉《うれ》しそうに自分の拳をコツンと合わせる。昔、一緒にミュージカルをやっていた頃、お互いに気分を上げるためにやっていたことだ。

ロイドは、二人から少し離れた場所に移動して、パチパチと手を叩《たた》いた。

「では、わたしは観客の係で。お芝居の、はじまりはじまり～」

どこで覚えたものか、ロイドは見事な口上を述べ、両手を広げてみせる。

「ったく。ひとりで楽しやがって。ほんじゃ、やろうか。俺、初見だから、今日はつっかえても噛《か》んでも勘弁な」

「はいっ、よろしくお願いします！」

まるで遠い日に戻ったように海里と李英は小さな部屋の中で存分に声を張り、互いの台詞《せりふ》を読み始めた……。

それから一時間後。

『どうかお元気で、境川さん。祖父を訪ねてくださって、仏壇に手を合わせてくださって、ありがとうございました。……まだまだ祖父の分まで、お芝居をしてください』

自分の家に境川を招いて一晩語り合い、翌朝、彼をバス停まで見送ったマサルの台詞を押さえた演技で読んだ李英に、海里も、境川の別れの言葉を読み上げる。

『ありがとう。次の舞台が、わたしの最後の仕事になるだろう。君のお祖父《じい》さんの芝居への愛情をこの胸に抱いて、舞台に立……うわッ!?」

読みながら、つい感動して涙が紙に落ちそうになり、慌てて顔を上げた海里は、素《す》っ頓狂《とんきょう》な驚きの声を上げた。

いつの間にか、誰もいないはずの李英の隣に、男が座っていたのである。

それは、四十がらみの、痩《や》せ形《がた》の男性だった。夏だというのに、ジーンズとパーカーという暑苦しい服装をして、頭にはくたびれたベースボールキャップを逆に被《かぶ》っている。

全体的に整った顔立ちだが、眉間《みけん》にある妙に大きなホクロが特徴的なその男性は、ニコニコして李英と海里のほうを見ている。

「だ、誰!?」

最高にしみじみしたシーンをぶち壊すような海里の大声に、李英はビックリして小さく飛び上がり、台本をペラペラめくった。

「先輩？　どうしたんですか？　そんな台詞……」

海里はアワアワして、李英の隣の男性を指さした。

「や、台詞じゃなくて、そこの」

「はい？」

李英は海里が指した自分の右隣を見て、目をパチパチさせる。

「何ですか？」

「何ですかってお前」

そのとき、海里の手首を摑《つか》み、半ば強引に下ろしたのは、ロイドであった。彼は真面目な顔で海里を見て、小さくかぶりを振った。

その目つきで、海里はすぐにロイドの言わんとすることを察する。

（まさか、幽霊？）

声に出さず、唇の動きだけでそう問いかけると、ロイドもまた、瞬《まばた》きで肯定してみせる。

そう言われて再度見ると、なるほど、男性の姿はどこか不確かで、はっきり見えたと思ったら、次の瞬間、磨《す》りガラスを通して見たように霞《かす》んでしまう。生きた人間ならば、決してありえない現象だ。

「先輩？　ロイトさんも　いったいどうしたんですか？」

ひとり、わけがわからない李英が困惑の声を出したので、海里は咄嗟《とっさ》にその場を取り繕おうとした。

「ゴメン！　なんか疲れてきたかな。目が霞んじゃって」

そう言いながら、右目を軽く擦《こす》ってみせる。李英は心配そうに、台本を脇に置いた。

「大丈夫ですか？　すいません、先輩もロイドさんも、朝まで仕事してたんですもんね。ちょっと休憩しましょう。あっ、でも時間……」

海里は、ホッとして頷《うなず》いた。

「もーちょい大丈夫。けど、ちょっと新しいおしぼり貰《もら》ってきてくれよ。手を綺麗《きれい》にしてから、目薬差すわ。注文でもないのに、電話で持ってきてもらうのも何だし」

「わかりました！　すぐ貰ってきます」

気のいい李英は、すぐに部屋を飛び出していく。海里は改めて、謎の男性に顔を向けた。

視線が合うと、男性は少し恥ずかしそうに笑って、海里に頭を下げた。幽霊なのに、妙に感じのいい笑顔である。

海里はどうにも困惑しつつ、問いかけてみた。

「うわ。なんか意思疎通……できてる？　幽霊さん、ですか？」

男性は、ゆっくり、しかしはっきりと頷いた。

どうやら言葉を話すことはできないが、言葉はきちんと理解できているようだ。

「なんでここに？」

そう問いかけると、幽霊は笑みを浮かべたまま、李英の置いていった台本を指さした。

それを見て、ロイドはポンと手を打った。

「もしや、お芝居がお好きでいらっしゃる？」

また、幽霊は笑顔で頷く。ロイドは納得した様子で海里に言った。

「なるほど。この界隈《かいわい》でお亡くなりになった方なのでしょうな。生前、たいへんな芝居好きでいらっしゃった。ですから、さまよえる魂が、海里様と李英様の熱演に引き寄せられて、ここに迷い込んでこられたのでしょう」

「そうなの？」

思わず問いかけた海里に、幽霊は頷き、手を叩く仕草をしてみせる。どうやら本当に、二人の読み合わせに心惹《こころひ》かれて、そこに座ってしまったらしい。

「聞いててくれたんだ。気付かなかった。……楽しいっすか？」

幽霊は、笑みを深くして頷く。幽霊に気付いてからずっと引きつっていた海里の頬も、ようやく緩んだ。

「そっか。よかったっす。……その、お礼言うのも変だけど、ありがとう、ございます」

芝居を観てくれた以上、生きていようが死んでいようが、本番だろうが稽古《けいこ》だろうが、その人は観客である。

海里が感謝の言葉を口にすると、幽霊はいやいやと言うように片手を振り、帽子を脱いで目礼してくる。

どうやら、よほど芝居好きの幽霊らしい。

「……あの、まだ見ていきますか？」

海里がそう訊《き》くと、帽子を被り直した幽霊は、勿論《もちろん》というようにきちんと居住まいを正した。まるで、劇場の客席に座っているような姿勢だ。

そこへ、李英が戻ってきた。

「お待たせしました！　お手拭《てふ》き」

走ってきたのか、軽く息を乱して差し出してきたおしぼりを受け取り、海里は申し訳ない思いで、もう一つ嘘を重ねた。

「悪い、持ってきてると思ったら、目薬、バッグに入ってなかった」

「ええっ？　大丈夫ですか？」

「平気平気。ちょっと目を休めたら、治った。さ、前半くらいはもっぺんやれるだろ。再開しようぜ」

「は……はいっ」

若干不思議そうにしながらも、時間を無駄にできないことは誰よりもわかっている李英である。すぐさま席に着き、台本を膝《ひざ》に置いた。

海里も台本のコピーを開き、李英の隣に掛けたままの男性の幽霊に、秘密めかした目配せをした。そして、再び「食堂の親父」の台詞から、読み合わせを始めた……。

結局、「ばんめし屋」の開店時刻ギリギリで店に戻った海里とロイドが夏神と話す機会が持てたのは、客足がいったん落ちついた午後九時過ぎになってからだった。

テーブル席の客に料理を出してから、海里は小さな声で、昼間にあったことを掻《か》い摘《つま》んで夏神に語った。

愛用のスツールに掛け、いつものように煙草代わりの棒付きキャンディをくわえて耳を傾けていた夏神は、幽霊が出現したくだりで、「おいおい」と呆《あき》れ声を出した。

「そないなとこでも幽霊に行き当たるんか。もはや才能やな」

予想どおりのリアクションに、海里は口を尖《とが》らせる。

「行き当たったんじゃなくて、あっちが来たんだって。……でも、ビックリするよな」

「確かになあ。どこの誰かはわかったんか？」

問われて、海里は小さく肩を竦《すく》めた。

「いや、わかんない。李英が一緒だったからさ」

「あー、そうか。里中君には見えへんのやな」

「そうそう。幽霊さん、今日は終わりって言うなり、こうやって礼儀正しく一礼して、すーっと消えちゃった。ロイド曰《いわ》く、成仏したんじゃなくて、気を抜いたから気配が薄れただけだって話だけどー消えていく幽霊の物真似をする海里に、夏神は面白そうにニヤッとした。

「なんや、その読み合わせ、っちゅうんか？　毎日幽霊も来そうやな。ああいや、けど明日《あした》からは、別のカラオケボックスなんか？」

海里はちょっと自慢げに、夏神の鼻先で人差し指を左右に振ってみせた。

「そこは俺だって予想済み。どうせなら、心ゆくまで俺たちの読み合わせを聞いてほしいと思ってる」

「せやな」

「たぶん、あの幽霊も死んだ場所から遠くへはいけないんだろうからさ。李英に、あそこのボックスが気に入ったから、ずっとあそこがいいってリクエストして、オッケー貰った。だから、月曜までずっとあそこ……なんだけどさ、夏神さん。月曜と……できたら……」

夏神はニヤッと笑って、まだ顔の真ん前にある海里の人差し指の腹を、自分の指でパチンと弾《はじ》いた。

「わかっとるわ。月曜も今日みたいに、店開けるまでに戻ってきてくれたらええ。いや、少々遅刻してもかめへん。とにかく、里中君のええようにしたり」

「マジ？　ありがとう！」

「それに火曜の本番、お前、観にいきたいやろ。ええよ」

「けど、開演五時だよ？　店……」

「かめへん。せっかく稽古に付き合っとんのに、本番の舞台を観んなんちゅう話はないやろ。里中君の晴れ舞台や。見てきたり。店のことはええ」

夏神のあたたかな言葉に、海里はじんと胸を熱くする。だがそのとき、皿洗いをしていたロイドが、シュッと二人のもとへやってきた。

「夏神様！　あの、わたしも、わたしも」

夏神は、苦笑いで頷く。

「わかっとるて。……せやけど、席、今からでも取れるんか？」

海里は嬉《うれ》しそうに頷く。

「気を遣わなくていいって言ったんだけど、李英が関係者席を確保してくれるって」

「そらよかった。里中君も、お前に見てほしいんやな」

夏神がそう言ったとき、テーブル席の客が、カウンターのほうを見て片手を上げた。

「なあなあ、テレビつけてもろてええ？　今思い出したんやけど、好きな映画をやってるはずやねん。10チャン」

「はーい。今つけまっす」

海里は返事をして、食器棚の前に置いてあったリモコンを取ると、ピッと電源を入れた。プロ野球やサッカーの試合を観《み》たいという客は時々いるが、映画を見たいというリクエストは珍しい。今は店が空《す》いているので、気兼ねなく長居を決め込むつもりなのだろう。

「見たことない映画だな。面白いんですか？」

海里が訊《たず》ねると、作業着姿の男性客は、うーん、と微妙な返事をした。

「なんちゅうの、筋はまあ普通やねんけど、神戸が舞台なんよ」

「へえ」

「知っとう場所が出てきたら楽しいやん。そやから見たいねん」

「なるほどねえ」

（あー、あの人、前に俺が出てた番組に、いっぺんゲストで来たことがある。相変わらず、手足なっげえ。あ、あの人も、テレビ局の廊下ですれ違ったな）

知った顔がテレビに映っていると、やはり懐かしさと、どうしても消せない切なさが胸にこみ上げる。

それが嫌で、ロイドが洗った食器を拭《ふ》きながらチラ見程度に留《とど》めていた海里は、不意に何か見覚えのあるものが見えた気がして、画面に顔を向けた。

さっきの俳優が、昼休み、ハーバーランドの海が見えるベンチで、昼食のサンドイッチを頬張るシーンだ。

いかにもわざとらしく神戸感満点のロケーションだが、そこが気になったわけではない。

海里が凝視しているのは、隣のベンチで、いかにも所在なげに海をぼんやり眺めている中年男性だった。

その男性の眉間《みけん》には、遠目にもはっきりわかる大きなホクロがある。

「海里様！　あのお方は」

ロイドも気付いたらしく、海里に駆け寄ってくる。海里は頷《うなず》き、大急ぎで夏神に囁《ささや》いた。

「夏神さん、あの人。あの人が、カラオケボックスに現れた幽霊！」

「なんやて？」

夏神は目を剝《む》き、口からキャンディを引っ張り出した。

「間違いあれへんのか？」

「ないない。眉間のどセンターに巨大なホクロのある人、仏様ならともかく、人間ではそうそういないよ。いや、勿論、今映ってんのは幽霊じゃなくて、生きてたときの姿だと思うけど」

「そらそやろ」

「なんだ、あの人、芝居好きじゃなくて役者だったのかよ」

海里は、納得の面持ちになった。あの熱心な態度や律儀な拍手は、同業者ならではの礼儀だったと考えれば、実に理解しやすい。

しかしそんな海里の隣で、今度は夏神が「おお？」と声を上げる番だった。

「何？　どうかした？」

「いや、その……さっきまで映ってた幽霊の人な。でかいホクロで思い出した。なんやテレビの画面で見るとピンと来おへんかったけど、たぶんあの人や」

「えっ？　夏神さん、あの幽霊の人、知ってんの？」

「たぶんやけど……いや、きっとそうや。あのホクロはなかなかないわ。ちょうどお前が来るちょっと前まで、こっから南へ下って国道四十三号線《よんきゅうさんごうせん》の向こう側に、豆腐屋があったんや。昔ながらの、ええ店でな。ここで出す豆腐を仕入れさしてもろとった」

「豆腐屋の人ってこと？」

驚く海里に、夏神は重々しく頷く。

「豆腐屋の若旦那《わかだんな》や。ご両親が経営してはって、跡継ぎやっちゅう話やった。そう言うたら、もとは役者やったて聞いたな。せや。あるとき急に店閉めるて言われて、ビックリして事情を聞いたら、その若旦那が交通事故で亡くなって、すっかり気落ちしてしもたからっちゅう話やった」

「マジで！　そのご両親って、今どこに？」

夏神は、うーんと唸《うな》って、首を捻《ひね》った。

「自宅兼店舗やったから、もしかしたら、まだ住んではるかもしれんな」

「そっか……」

皿拭きを再開したものの、何か考え込んでいる様子の海里に、夏神は問いかけた。

「行ってみるつもりか？」

ロイドも、無言で海里の表情を窺《うかが》っている。

海里は、うん、と頷いた。

「もしまだ同じところにご両親が住んでたら、せめて仏壇に手を合わさせてもらおっかなと思って。……なんていうか、ただの読み合わせなのに、あんなに嬉しそうに、楽しそうに聞いてくれて、拍手してくれて、凄《すご》く嬉しかったんだ。勿論《もちろん》、幽霊本人にもお礼は言うけど、会話はできないだろ。だから、どんな人なのか、知りたい気持ちもあって」

「せやなあ。もし大将とおかみさんに会えたら、よろしゅう言うといてくれ。今でも、あの木綿豆腐の味は忘れられへんて。……さて、ちーとだけ上で休憩してくるわ。お客さん来たら、スマホ鳴らしてくれ」

そう言うと、夏神は大きな手のひらで海里の肩をポンと叩《たた》くと、客たちに一礼して、ゆっくりと二階へ上がっていく。いつもより早い休憩だが、言葉にしないものの、今日はひとりで仕込みを済ませたので、疲れているに違いない。

(ごめんな、夏神さん。そんで、ありがとう)

心の中で手を合わせて大きな背中を見送った海里は、再び、大きなホクロがトレードマークの昼間の幽霊に思いを馳《は》せた……。

＊　　＊

翌日の午前十一時過ぎ、海里は夏神に教えてもらった元豆腐屋へと向かった。今日は、ロイドは眼鏡の姿で同行している。

李英との約束は午後一時なので、その前に行くことにしたのである。

「もしかしたら、幽霊さん、今日も来てくれるかもしれねえもんな。その前に、色々事情がわかってりゃ、成仏する手助けができるかもしれないし」

『そうでございますなあ。それにしても、亡くなって日が経っているにもかかわらず、あの鮮やかなお姿。よほどお芝居を愛しておられるのでしょう』

Tシャツの襟首に引っかけた眼鏡から、ロイドの声が聞こえる。

「だよな。ご両親がまだ住んでるといいんだけど。……このへんだよな」

『夏神様のお話によれば』

交通量の多い国道四十三号線を横断し、さらに海へ向かって少し歩いたところに、目的の家屋はあった。

下ろしっぱなしのシャッターには、すっかりペンキが色褪《いろあ》せてしまってはいるが、まだかろうじて「松原《まつばら》とうふ」という店名が読み取れる。

「ということは、まだ引っ越してないってことだよな、たぶん。ええと、インターホンは……あった！」

シャッターの横には木製の扉があり、その脇に、本当に鳴るのか心配になるほど年代ものの、古いタイプのインターホンがあった。

やけに大きな音を立てるそのインターホンのボタンを押してしばらく待っていると、

奥のほうから物音がして、誰何《すいか》もなしにいきなり扉が開いた。

ドギマギする海里の前に顔を出したのは、年配の、ほっそりした女性だった。海里の母親よりはずっと年上に見える。おそらく、七十代くらいだろう。

(あ。幽霊さんに何となく顔が似てる)

突然訪ねてきた海里に警戒していることはわかるが、それでも優しい顔立ちの人だ。

「どちら様?」

小さな声で問われて、海里は慌てて自己紹介した。

「急に来てしまって、すいません。俺、あの、『松原茂《しげる》』さんの……」

昨夜、映画の公式サイトで調べた「幽霊」の名前を告げると、女性の顔がパッと輝いた。

「あらぁ、しげちゃんのファンの人? もう訪ねてきてくれる人なんていてへんと思ってたのに。ささ、上がってちょうだい。お仏壇に、手を合わせてやって」

そう言い終える前から海里の手を取り、中へ誘ってくれる。

正直、幽霊との関係をどう話せばいいのか、考えがまとまりきらないままここまで来てしまったので、女性の勘違いは、むしろありがたい。

「じゃ、じゃあ、お邪魔、します」

この際、幽霊のことは黙っておいて、彼のファンであるということにしたほうが諸々《もろもろ》スムーズだと考え、海里は素直に誘いを受けた。

よく考えれば当たり前なのだが、扉の中はすぐ家屋ではなく、二階へ繋がる階段があった。一階が店舗なので、二階の生活スペースに直接行けるようになっているのだ。

女性はとても嬉《うれ》しそうに、いそいそと海里を二階の居間に通してくれた。

八畳ほどの和室は、恐ろしく昭和を感じる空間だった。

古びた畳、木製の簞笥《たんす》や正座して使う小さな鏡台、傷だらけの卓袱台《ちゃぶだい》に、使い続けてペチャンコになった座布団、ずいぶん旧型の扇風機。おまけに壁には鳩時計があり、もはや何の絵かわからないほど色褪せた三角形のペナントまで飾られている。

（これ、ドラマのセットでもここまでベタな昭和じゃねえぞ）

現代っ子の海里には、感動すら覚えるレトロ空間である。

だがそんな部屋の片隅に、そこだけまだ真新しい仏壇を見つけ、海里はその前に座った。

（ああ、やっぱり）

仏壇には、あの幽霊の写真が飾られていた。

笑顔の遺影の横には、時代劇の撮影中に撮ったものだろうか、月代《さかやき》のカツラを着け、和装にダウンジャケットを羽織って笑っているスナップ写真も添えられている。

『亡くなったのはあのカラオケ店の近くなのでしょうが、お宅はここだったのですねえ。ご本人は、とてもここまではお帰りになれないでしょう。お気の毒に』

女性がお茶を淹《い》れてくると席を外したので、ロイドが眼鏡のままで海里に話しかけてくる。

「そうだな。いわゆる『千の風になって』状態だけど、こういうのは気持ちの問題だからな。本人の魂はここにはいないことはわかってても、それはそれ、これはこれだ」

そう呟《つぶや》いて、海里はロウソクを使うことは省略して、経机の端っこに置かれていたガスマッチで、線香に直接火を点《つ》けた。

それからおりんを軽く鳴らし、手を合わせて目を閉じる。

以前、自分が出演しているテレビの情報番組で、「おりんは鳴らす必要はない」と教えられ、大袈裟《おおげさ》に驚いてみせた記憶があるが、そう言われても、やらずにはいられない海里である。

幼い頃から父の仏壇に毎日手を合わせていたし、「おりんの音の余韻が消えたときが、合掌を終えるタイミング」という間違った習慣がすっかり身に付いてしまっているのだから仕方がない。

手を下ろしてからも、何となく遺影をぼんやり眺めていた海里は、「あらあら、早速ありがとうね」という女性の声に振り返った。

女性は卓袱台の上に麦茶のグラスを置き、座布団の上にぺたんと座った。

「お茶どうぞ。さ、こっち座って」

「あ、はい」

言われるままに、海里は女性と卓袱台を挟んで向かい合うように正座した。

「あらあら、楽にしてちょうだい。年寄りはあんまり冷やしたないからねえ。エアコンはゆるくしかかけてへんのやけど、若い人は暑いでしょう」

　女性はそう言うと、海里のほうに扇風機を向けてくれた。

　先回りして世話を焼いてくれるまめまめしさに、亡き祖母のことを思い出し、海里は少しだけ胸が苦しくなる。

　正直、室内は少し暑かったのだが、麦茶のグラスにはこれでもかというほど氷が入っていて、一口飲むと、スッと身体の中から涼しくなった。

「あの、茂さんのお母さんですか？」

　海里が訊《たず》ねると、女性はあっと口元を押さえた。

「そうやわ、それを言ってへんかったわ。母です。うちの人、今、出掛けとってね。ファンの人が来たて聞いたら、きっと喜ぶのに。残念やわ。透析行ってるんよ」

「透析？　腎臓《じんぞう》がお悪いんですか？」

「そうなんよ。うちの人が腎臓を悪くしてしもて、豆腐屋の仕事をするんがきつうなって、それでしげちゃん、東京で俳優の仕事を頑張っとったのに、諦《あきら》めて帰ってきてくれたん。売れへん役者やから潮時やって言うてたのに、あの子が死んでから、ぽつぽつファンの人が来てくれはって、ありがたいことやわ。しかも、おたくみたいな若い子がねえ」

　彼女はしみじみと嬉しそうに微笑む。良心の呵責《かしやく》を感じながらも、海里はファンを装

った まま質問してみた。

「あの、茂さんは、本名なんですか？」

するど女性は笑って片手を振る。

「いいえぇ、ほんまの名前は茂蔵《しげぞう》。古臭い名前でしょう。ひいおじいちゃんの名前をもろたんよ。役者になるときに、いくら何でもアカンと思うたんでしょね。蔵を取って、茂にしたみたい」

「ああ、なるほど……」

頷《うなず》く海里に、女性は逆に問い返してくる。

「ここはどうやって知ったん？　やっぱし、『うきぺじあ』とかいうとこに書いてあったんやろか。他のファンの人らがそう言うてたけど」

海里は曖昧《あいまい》に頷く。

「うきぺじあ……あ、『ウィキペディア』ですね。あ、はい、まあ」

「そう、ほな、やっぱり東京にいた頃、あの子が入ってたっていう劇団のお芝居を観てくれてはったん？」

「あ……はあ」

嘘をつき慣れない海里の返事は、どうにもエッジの鈍いものになる。だがそれを特に気にもしない様子で、女性はニコニコして話し続ける。小さな身体から、嬉しさと誇らしさが放散されているようだった。

「そう。ほんまに嬉しいわあ。うちは毎日豆腐を作らんなんかったから、息子のお芝居を東京までは見にいかれへんかってね。テレビにもたまに出るときは、観てやーって電話がかかってきたけど、なんや有名な俳優さんの向こうっ側に頭半分映っとうとか、あっちからこっちへ歩いていって終わりとか、『あっ』て言うて終わりとか、そんなんばっかしやったわ。なんとかを探せ、みたいやった」

「……ウォーリーですね」

どうやら、あの「幽霊」こと松原茂は、舞台役者としての活動がメインで、テレビではいわゆる端役、あるいはエキストラといった仕事に留《とど》まっていたようだ。

「そうそう、ウォーリー。いっつもうちの人とふたりで、茂を探せ、やったわ」

笑いながら、女性は、目の前にあるさほど大きくないテレビを指さした。

「そう。昨日の夜、映画観てくれた？　あの子出てたでしょ？」

「はい、見ました！　ベンチに座って……」

海里の言葉を受けて、女性は嬉しそうに手を叩《たた》き、ころころと笑った。

「そうそう。背中丸めて、ぼーっと海を見とる役。映画の筋にはなーんもかかわらへん小さい役やけど、バッチリ顔が映っとって、嬉しかったわあ。あれが、あの子の最後の晴れ姿なんよ」

そう言うなり、女性は笑顔のままでうっすら涙ぐんだ。

「最後……」

「そう。一昨年《おととし》ね。あの映画、神戸でロケしとったでしょう。そやから、こっちで出演者を募集してたそうでねえ、あの子、役もろたー、言うてえらい喜んどったの」

海里は、注意深く探りを入れてみた。

「あの、茂さんは、こっちに帰ってきた後も、役者の仕事を続けておられたんですか？」

母親は卓袱台の上にあったボックスからティッシュを一枚取り、涙を拭《ぬぐ》いながら頷いた。

「潮時やて言うても、やっぱり諦めきれんかったんやろね。豆腐屋の仕事の合間に、ちょこちょこオーディションを受けとったみたい。真面目な子やから、父親が病身に鞭打《むちう》って豆腐作りを教えてくれるんやから、ええ加減なことしたらアカン言うて、根詰めてやっとったのに、その合間に役者の仕事でしょ。好きなことやからつろうないて言うんを真に受けて、私はホンマにアホやった」

拭《ふ》いても拭いても、女性の目からは新しい涙が湧き出してくる。

「じゃあ、ずいぶん無理をしてらっしゃったんですね」

海里の言葉に、女性は頷いた。

「そうやったんやろね。昨日やっととったあの映画の撮影が済んだあと、三宮の駅の近くで交通事故に遭《お》うて、そのまま。見てた人の話では、横断歩道で信号待ちをしてるとき、ふらあっと前に倒れて、そのまま走ってきた車に頭を轢《ひ》かれたらしいわ」

海里は、うっと息を呑《の》む。母親は、仏壇の写真を見ながら、小さな声でこう言った。

「遺品の中に、ぐちゃぐちゃに潰れたケーキがあってね。映画に出られた記念に、私らにお土産を買いに寄り道して、その帰りに事故に……」

言葉を詰まらせる母親にかける言葉が見つからず、ただ黙って聞いていた海里の胸元から、ずび、と洟《はな》を啜《すす》る音がする。

（おい、ロイド……！）

涙もろいロイドは、眼鏡の姿のままで母親の話にもらい泣きしてしまったらしい。海里は慌てつつもさりげなく胸元を片手で押さえた。母親のほうは、海里が泣いたと思ったようで、泣き笑いの表情になった。

「湿っぽい話でごめんねぇ」

「あ、いえ。すいません、俺こそ、つらい話をさせてしまって」

「ええのよ。ファンの人が来てくれて、あの子の思い出話ができるんが、何より嬉《うれ》しいんやから。あの映画もね、私らつろうてずっと観られへんかって、昨夜、初めて観たんよ。しげちゃんと三人で観たかったなあて言うて、うちの人と泣いたわ」

しみじみとそう語る母親の頭上で、鳩時計から白い鳩が飛び出し、ぽっぽー、と間の抜けた声で鳴き始める。

母親は涙を拭いて立ち上がった。

「あら、もうお昼やね。ちょっとだけ待っとってて」

そう言うと、母親はまた部屋を出ていってしまう。

「あ、俺、そろそろ……ああ、行っちゃった」

腰を浮かせ掛けた海里は、困り顔であぐらに座り直した。既につま先はジンジンと痺《しび》れている。

『つらいお話でございましたなあ。茂様もご両親様もおかわいそうに』

「うん……。つかお前、いきなり泣くなよ。眼鏡のときは、黙って泣け」

『あまりのことに、つい』

「わかるけど。……つか、そろそろ行かないと、李英との待ち合わせに遅れちゃうんだけどな」

『そうはいっても、あのようなつらいお話を聞かせてくださったお母上に、つれない態度を取るわけには参りますまい』

「だよな。……今は待つしかないか」

海里は改めて、仏壇の前に座った。時代劇の衣装を着た茂の写真を手に取り、しげしげと見入る。

茂が着ている衣装は、決して豪華なものではなかった。同じ写真の背景には、似たような服装の人がたくさん映っている。おそらくは、オーディションで苦労して得た、エキストラに毛が生えた程度の端役だったのだろう。それでも茂の表情はとても晴れやかで、自分がドラマの一部になることを、心から楽しみ、喜んでいることが伝わってきた。

（俺は……。俺は、期待してたような役が回ってこない、話題作に出してもらえない、

認めてもらえないって腐って、役者の仕事を捨てた）

写真の中の茂の笑顔を指先でなぞりながら、海里は苦い後悔を噛《か》みしめた。

（幽霊さん……茂さんは、実家の仕事を背負いながら、夢を諦めなかったんだ。エキストラでも、端役でも、台詞《せりふ》なんかなくても、作品の一部になることを心から願って、楽しんで……幽霊になっても、やっぱり芝居が大好きで）

昨日、李英と海里が台詞の読み合わせをしているのを眺めていた幽霊の茂も、やはり写真の中と同じ笑顔をしていた。

死してもなお演劇を愛し続ける無名の役者への尊敬の念と、強い意志に対するどうしようもない羨《うらや》ましさと、過去の自分の愚かしさへの後悔。

複雑な気持ちが混じり合い、涙に変わって、海里の目が潤み始める。

写真の上に涙が落ちそうになり、海里は顔を上げて、Tシャツの肩に目元を擦《こす》りつけた。

そのとき、何やらいい匂いがふわっと漂ってきて、母親がお盆を手に戻ってくる。

「しょうもないもんやけど、御供えのついでに、よかったら食べていって」

そう言いながらやってきた母親は、仏壇の前に、皿を置いた。

「……え？」

それを見た海里の目から、涙が面白いくらい引いていく。

仏飯は、実家にいた頃、毎日父の仏壇で見ていたが、今、彼女が仏前に置いたのは、まさかのピザトーストだった。

さっきのいい匂いは、それだったらしい。同じものが載った皿を、彼女は海里にも差し出した。

「あの、これ」

海里の戸惑いの理由は、よくわかっているのだろう。母親は泣いた後の腫《は》れぼったい瞼《まぶた》のまま、可笑《おか》しそうに笑った。

「変でしょう？　そやけど、本人が好きなもんを供えてあげるんが一番やからね。毎日、お昼にこれを作ってあげるの」

海里は、受け取った皿の上のピザトーストを、しげしげと眺めた。

「これが、茂さんの好物だったんですか」

「ただの好物と違うの。これは、あの子の特別料理やったんよ」

「特別料理？」

「うちの人が、こういう洋風のもんはあんまり好きやのうてね。長いこと、うちにはパンがなかったんよ。そやから、もしかしたら憧《あこが》れてたんかねえ。東京に行ってから、お芝居で、役がついたときだけ食べる、特別のご馳走《ちそう》になったらしいわ。こっちに帰ってきてからも、やっぱり役者のお仕事をいただいたときに、自分で作って嬉しそうに食べとった。あの子が死んでからは、私が作って供えてやるん。あの子が自分で作ったんとは違うやろけど」

熱いうちに食べて、と勧められて、海里はありがたく厚意を受けることにした。

「じゃあ、茂さんと一緒にいただきます」

本当は、ここに茂の魂はいないことがわかっていながら、海里は母親のためにそう言って、ピザトーストを頰張った。

喫茶店で出てくるものと違って、それはとても優しい味のピザトーストだった。

最初からパンが三つに切り分けてあるのも、食べやすいようにという母親の自然な心遣いを感じさせる。ありふれた具材、平凡な味だが、いくらお金を積んでも手には入らない味というのは、こういうものだと痛感させられる。

「どう？　若い人には物足りん味やろか。ウスターでも持ってこよか？」

タバスコではなくウスターソースを提案するあたりがいかにも昭和のお母さんで、海里は笑ってかぶりを振った。

「いえ、美味《おい》しいです」

「ホンマに？」

「はい。茂さんも、きっと美味しいって言うと思います」

「そやったらいいんやけど」

そう言って、母親は仏壇の息子の写真を見てから、海里に視線を移した。

「おらんようになってから、あれもしてやればよかった、これもしてやればよかった、もっと大事にしてやればよかったって毎日思うんよ。そやけどもう遅い。こんなことしか、してあげられへんの。あんたも、お身内は生きとるうちに大事にしてあげてや」

その優しく温かな、しかし底なしに深い悲しみのこもった声に、海里はただ無言で頷《うなず》くことしかできなかった。

149　四章　今、振り返る

週が明けて月曜日、午後三時過ぎ。

「ここまでにします。先輩、ずっと読み合わせと立ち稽古《げいこ》につきあってくださって、ありがとうございました」

ペコリと頭を下げた李英に、海里は少し意外そうな顔をした。

金曜日からずっと、二人は同じカラオケ店で舞台の稽古を続けてきた。

さすがに初日以外は、ロイドは眼鏡の形でそっと同席している形だったが、松原茂の幽霊は、二人が稽古を始めると必ず現れ、ときには李英の隣、時には二人の邪魔にならないよう扉にへばりつくように立って、楽しそうに見守っていた。

今も、彼はまるで室内の備品のような自然さで、李英から少し離れて座り、二人に拍手を送ってくれている。

無論、李英には彼の姿が見えていないし、拍手の音も届かないが、茂が醸し出すどこか温かな空気が伝わっているのか、その演技は、日に日に伸びやかになっていくようだった。

李英に怪しまれないよう、一瞬の目礼で茂に感謝の気持ちを伝え、海里は李英に向き直った。

「立ち稽古っつっても、このくっそ狭い部屋の中だからな。動きをつけるにも限界がありまくりだけど、雰囲気くらいは摑《つか》めたかな。まあ、東京公演の映像があるし、お前の出番は食堂の中と自宅の仏間とバス停だから、そもそもそんなに大きな移動はないしな」

「はいっ。俯瞰《ふかん》の舞台映像は二階席から撮ってますから、盤上でコマを動かすように見えちゃって。わかりやすいようで、実際に動いてみると、あれってなることが多いんですよね。だから先輩につきあっていただいて、ホント助かりました」

まだまだ足りないところが多いといちばんわかっているのは本人だが、それでも一定の準備はできたと感じられたのだろう。李英の表情からは、金曜日にはなかったわずかな自信が見て取れる。

「それにしても、もういいのか？　明日《あした》はもう当日だろ。俺に遠慮しなくても、もう一回くらい通せるぞ？」

「いえあの、実は……あっ」

李英が何か言いかけたとき、テーブルの上にあった彼のスマートフォンが振動を始めた。どうやら誰かから連絡が来ることがわかっていたらしく、李英は海里に「ちょっと待っててください」と早口に言うなり、部屋を飛び出していってしまう。

「お？　なんだろ。……あの、お疲れっす。松原茂さん、ですよね」

何が何だかわからないが、海里は突然訪れた好機を逃すまいと、茂の幽霊に話しかけた。週末は李英が席を外すことがなかったので、幽霊に接触するチャンスがなかったのだ。

相変わらずの服装で座っている茂は、少し驚いた様子だったが、すぐに頷いてくれた。

海里はホッとして、座ったまま、幽霊のほうに身体を向けた。

「あの、ずっと稽古を見てくださってて、ありがとうございました。勝手なことしちゃって、まずは謝らなきゃいけないんですけど、俺、実は土曜日、松原さんのご実家に行って、お母さんに会ってきました。松原さんち、俺が今住んでるとこのけっこう近所なんですよ」

実家、お母さん、と聞いて、茂はもの問いたげに身を乗り出してくる。

「お母さん、お元気です。お父さんは透析に通っておられますけど、状態は安定しているそうです。だけど、松原さんが亡くなってすぐ、お店は閉めたそうです」

やはり、命を落とした場所からあまり遠くへは行けず、実家にはたどり着けなかったのだろう。

実家の廃業と両親の近況を聞いて、茂はギュッと目をつぶった。その痩《や》せぎすの顔には泣き笑いの表情が浮かび、眉間《みけん》の大きなホクロが、深い縦皺《たてじわ》の間に挟まれた状態になる。

「あの、でも、ご両親、仏壇に、茂さんの撮影中のスナップ写真を飾ってました。凄《すご》く、茂さんのことを誇りに思ってるんじゃないかな。あの、ほら、茂さんが最後に出た映画、金曜の夜にテレビでやったんですよ。お母さん、松原さんの顔がバッチリ映ってるって、喜んでおられました」

海里の必死のフォローで、茂の表情が少し和らぐ。

あまりいっぺんに何もかもを話すのは申し訳ないと躊躇《ためら》ったものの、李英が戻ってくるまで、それほど時間はないだろう。海里は思いきって、茂に訊《たず》ねてみた。

「松原さん、亡くなって二年も経ってるのに消えずにこの世に居続けてるの、どうしてなんですか？　その……勿論《もちろん》、思い残しはいっぱいあると思うけど、あんまり長くこの世に留《とど》まってると……その、よくない、かもしれなくて」

『肉体を失った魂は、徐々に古び、擦り切れ、歪《ゆが》んで参ります。それは決して、あなた様にとってよいことではございません。もし、あなた様がこの世を安らかに後にできるよう、わたしどもにできることがあれば、これも何かの縁、是非ともお申し付けくださ い』

ロイドも、眼鏡のままで言葉を添え、海里をサポートする。

茂は薄く口を開け、酷《ひど》く困った様子でかぶりを振った。だが、海里とロイドが再度促すと、ゆっくりと唇を動かし、何かを伝えようとする。

読唇術の訓練など無論受けてはいないが、たとえ大きな役がついたことはなくても、役者は役者である。唇の動きはとても正確で、母音からメッセージを読み取ることができそうだ。だが、海里が目を皿のようにして茂の口元を凝視している最中に、部屋の扉が開いた。

「お待たせしました！」

李英が戻ってきてしまっては、これ以上、幽霊との会話を続けることはできない。

幸い、あらかたメッセージを読み取れたことに安堵《あんど》して海里は李英のほうを向き、次の瞬間、驚きのあまり呼吸を忘れた。

李英の後ろから入って来た、やや長身の男性。

顔から推定される年齢は六十代くらいだが、ダメージジーンズとアメリカのロックバンドのツアーTシャツに包まれた身体は驚くほど引き締まっていて、首から下だけ三十代に見える。

目深に被《かぶ》っていたニットキャップを脱ぎ、海里を見て「よっ」と片手を上げたその人物に、海里は嫌というほど見覚えがあった。

ただし、それはいつもテレビの画面を通してであり、直接、生身の彼を見るのは生まれて初めてだ。

それは、明日の公演を主催している、俳優のササクラサケルその人だった。

実に中途半端な体勢で固まってしまった海里に、李英は済まなそうに打ち明けた。

「すみません、先輩。ササクラさん、色々やることがあるので、今朝早く、こっちに来られたんです。僕が先輩に稽古の相手をお願いしてることを打ち明けたら、来るって」

「……っておま……なんで……わなかっ……」

突然、憧《あこが》れの人が目の前に現れた衝撃が大きすぎて、海里の口から零《こぼ》れる声は、掠《かす》れてろくに聞き取れない。それでも言いたいことは容易に伝わるため、李英はオロオロして弁解を試みた。

「ササクラさんが、どうせならサプライズがいいって仰《おっしゃ》ったので、つい」

「何だよ、俺が来たくらいで震えちゃってどうすんの、ディッシーのお兄ちゃん。どうも初めまして、ササクラサケルです」

「う、え……あ」

彫刻刀で彫りこんだような厳しい顔立ちをしているササクラだが、スピードスケートのスタート直前のようなポーズで固まったままの海里を見て、盛大に噴き出した。

笑うと目元や頰に深い皺が寄り、顎《あご》に疎《まば》らに生えた無精ひげと相まって、ちょっと悪そうな男の色気が醸し出される。

「だ……だって、あの、ササクラさん、俺のこと知って……」

「知ってるよぉ。俺、早起きだからね。いつもお前さんの『ディッシー！』を聞いてから、朝のランニングに行ってただ。お前さんがいなくなってから、タイムキーパー不在だろ。朝の生活リズムがすっかり乱れがちだよ。どうしてくれんの。つか、よくこんな狭い部屋の中で、立ち稽古をしたなあ」

惑心と呆《あき》れが相半ばする声でそう言いながら、ササクラは海里に歩み寄り、右手を差し出した。

握手を求められているのだと気付くのに五秒はたっぷりかかるほどまだ混乱している海里だったが、ロボットのようにぎこちなく右手を上げると、ササクラの自分と同じくらいの大きさの、骨張った手におずおずと触れた。

たちまち、ギュッと強い力で手を握り締められ、ササクラのほうへグイと引かれて、もう一方の手で、背中をぽんぽんと叩《たた》かれる。とにかく、力強い。

「は……はじめまして。五十嵐海里です」

やっとのことで名乗った海里に、ササクラは手を離し、片頬で笑ってこう言った。

「李英からいつも聞いてる。今は、漢字の『海里』なんだってな。まあ、色々あったみたいだけど、今はこのあたりの定食屋で働いてるんだって？　また、渋い転身だねえ。いいじゃん」

憧れの人が、自分の過去も現在も知っていることにドギマギしつつ、海里は直立不動で返事をする。

「は、はいっ。あの……李英がたいへんお世話になり、ありがとうございます！」

いかにも兄貴分らしく、礼儀正しく感謝する海里に、ササクラは「お世話してるよ」と笑いながら、ソファーのど真ん中に腰を下ろした。

「さ、聞かせてくれよ」

「は？」

促されて、海里はポカンとして李英を見る。李英は、困り気味にこう言った。

「ササクラさん、僕たちの立ち稽古《げいこ》、見たいそうです」

「ええっ？」

驚く海里に、ササクラはTシャツの首周りをバタバタさせて涼みながら、やや長い顎をしゃくった。

「当たり前だろ。せっかく今日こっちに来たんだ。李英がどんな芝居をすんのか、知っときたいに決まってる」

「あ……じゃあ、俺じゃなくてササクラさんに相手をしてもらったほうが」

「いいから。俺はお前たちがどんな稽古をしてきたか知りたいんだよ。ほら、時間を無駄にすんな。やろうぜ」

そう言ってパンと手を叩かれてしまうと、半ば条件反射で腹が据わる。

ミュージカルをやっていた頃、どんなに疲れていても、誰かが手を打って「やろう」と言えば、皆、気力を奮い起こして稽古を再開したものだ。そのときの気概が、海里にも李英にも、骨の髄まで染みこんでいる。

ちょうどササクラの向かいに座っている、ただし李英にもササクラにも見えていない茂の幽霊を、海里はチラと見た。茂は満面の笑みで、控えめなガッツポーズで励ましてくれる。

（がんばります）

海里は小さく口を動かして茂にそう伝えると、何も持たずに部屋のいちばん奥のモニターに背中をくっつけて立った。まだ驚きと緊張でふわふわする足を踏ん張って、下腹に力を入れる。

そして、第七場をスタートさせるべく、「いらっしゃい」と、食堂の親父の第一声を狭い部屋じゅうに響かせた……。


パチパチパチパチと、ゆったりしたリズムで手を叩いたササクラは、組んでいたすらりとした脚を下ろし、両手の親指を立ててニッと笑った。

「いいじゃないの。やっぱ、今日見といてよかったな。また全然違うマサルだ。俺ぁ好きだよ」

そんな簡潔だが不思議とずしりとした重みを持つ評価に、李英は安堵のあまり半べその顔になる。

よかったなと海里が声をかけようとするよりほんの少し早く、ササクラはこう続けた。

「五十嵐ディッシー君もまずまずいいね。境川の台詞《せりふ》の間がいかにも俺っぽかったじゃねえの」

「ファンなんで、ずっとササクラさんのドラマ、観てますから。……っつか、五十嵐ディッシー君って」

さすがにブスッとする海里に、ササクラは笑顔になりながら合掌して詫《わ》びた。

「悪い悪い。からかってんじゃなくて、俺、ホントに好きだったんよ、お前さんの『ディッシー！』っての。理屈抜きに気持ちが明るくなったもんだ。あと、定食屋で働いてるだけあって、食堂の親父の役が上手《うめ》ぇな」

そんな意外な評価に、海里は目をパチクリさせた。

「えっ、そんなの関係ありますかね」

するとササクラは、日本刀のような目を見開き、断言した。

「あるに決まってんだろ。お客さんを迎える、飯を作る、出す、ちょいと世間話をする、揉《も》めた客同士を仲裁する……全部、自然だった。客である境川とマサルの芝居を邪魔しねえ。そのさじ加減、できるようでなかなかできないもんだぞ」

「……はあ」

「店の主人ではあるけど、あくまで立てるべきは客。それをわざとじゃなく、自然にやってんのがいい。お前さんの経験が生きたってわけだ。ぶっちゃけ、境川の芝居は俺の猿真似って言わなきゃならんが、食堂の親父は一・五級品だ。お前さんも李英と同じで、ぶきっちょタイプだな。けど、嫌いじゃねえ」

そう言うと、ササクラは立ち上がり、ジーンズのポケットからマネークリップを引っ張り出した。一万円札を一枚抜いて、李英に差し出す。

「これで、支払いをしてきな。おつりは、他の日の部屋代の埋め合わせにしてくれ」

「ありがとうございます！　じゃあ、行ってきます」

忠犬よろしく李英は両手で丁重に紙幣を受け取り、再び部屋を出ていく。

「甲斐甲斐《かいがい》しいよなあ、あいつは。ついこき使っちまうけど、これからも、俺の仕事には関わってもらおうと思ってる。これでも、大事に育ててるつもりだよ」

少し海里への言い訳のようにそう言って、ササクラは首を竦《すく》めた。海里は、ようやくササクラに親しみを持つ余裕ができて、笑顔で頷《うなず》いた。

「俺たち、ササクラさんのことは滅茶苦茶《めちゃくちゃ》尊敬してるんで、こき使われても絶対嫌じゃないと思います」

ササクラは、照れたように片手で短い髪を掻《か》き回《まわ》した。

「嬉《うれ》しいねえ。ところで、明日《あした》、観に来てくれるんだって？　関係者席だから、あんまいい場所じゃないけど、まあ、楽しんでいってくれ」

「はい！」

元気よく頷いた海里に、ササクラはニットキャップを被《かぶ》りながらこう言った。

「あとさ、李英の稽古に付き合ってくれたお礼、何か考えといてくれよ。まあ、今回の公演で、俺、素寒貧《すかんぴん》どころか借金作っちゃったから、高いもんはダメだけどな」

「いえ、俺、そんなつもりじゃないんで」

「俺がそんなつもりなの。先輩俳優のワガママだと思って、何か考えてやってよ。んじゃ、行こうか。なんか、あんま時間ないんだろ？　悪かったな、引き留めて」

そう言うと、海里の肩を労《いたわ》るように軽く叩き、ササクラは足早に部屋を出ていく。多忙な人がたいていそうであるように、ササクラもずいぶんせっかちそうだ。

海里は、ササクラが通路を歩いていったのを確かめると、まさに消えかかっていた茂の幽霊に、「待って!」と声をかけた。

そして、抑えた声音で一息に何かを囁《ささや》くと、「きっとですよ」と念を押し、バタバタとササクラの後を追いかけた……。


翌日、午後四時三十五分。

三宮から地下鉄で北へ一駅、「新神戸駅」に直結した便利な立地にある「新神戸オリエンタル劇場」のロビーは、たくさんの人で溢《あふ》れかえっていた。

開演時刻が早くて社会人には厳しいせいもあり、観客の年齢層はやや高めである。きっと、ササクラサケルの長年のファンが多いのだろう。

ロビーの片隅には物販コーナーがあり、ササクラサケルの長年の盟友、亡き高居篤の脚本集や、簡素な製本の公演パンフレット、そして今回の興行資金カンパになるリストバンドなどが売られ、かなり賑《にぎ》わっていた。

そんなコーナーを横目に見ながら、海里は人間の姿のロイドを伴い、足早に客席に向かった。

この劇場は、クラシックな、ちょっと外国のオペラハウスを思わせるような三階構造になっているのだが、李英が海里のために用意したのは、二階席の二列ある座席の後列、左端の座席だった。

そもそもの座席数が少ないエリアなので、人の出入りが少なく、目につきにくい。お忍び観劇には格好の席である。

座席は通路により、両端の三席がひとかたまりに区切られている。李英はもしかしたら当日、急に都合がつくかもしれないからと、夏神の分も席も押さえてくれていた。

残念ながら、夏神は今頃、ひとりで開店準備を進めている頃だ。

しかし、海里は夏神のための席のチケットを、李英に返しはしなかった。

今、通路側の三番席には海里、その隣の二番席にはワクワク顔のロイドが座っているが、いちばん奥まった一番席には、松原茂の幽霊が、人知れず緊張の面持ちで座っている。

昨日、海里はカラオケルームから去るとき、茂の幽霊に、「明日、一緒に観劇しよう」と誘ったのである。その言葉に応《こた》えて、今日、海里が劇場に来たとき、すうっと茂の幽霊が背後に立った。そしてそのまま、海里とロイドについて、客席までやってきたのである。

茂が事故死した現場から、この劇場はさほど離れていないので、どうにか姿を現すことができたらしい。

「ようございましたね、松原様。……昨日、仰《おっしゃ》った『心残り』そのものではございませんが……」

膝《ひざ》の上にベースボールキャップを置き、しゃちほこばって座っている茂の幽霊に、ロイドは小声で優しく話しかけた。海里も、「そうだなあ」と呟《つぶや》く。

昨日、海里が「何故成仏しないのか。心残りがあるのか」と質問したとき、茂は唇の動きで、海里とロイドに何かを伝えようとした。

李英が入ってくる寸前のほんの数秒間のことだったが、海里はそれを「もう一度、舞台に立ちたいな」と、おそらくは正確に読み取った。

東京の劇団を辞めて郷里に戻り、家業を継いでからは、テレビドラマの小さな役やエキストラが精いっぱいで、皆で一つの作品を作り上げていく演劇の仕事までは、とても手が回らなかったのだろう。

李英と海里の稽古《けいこ》を四日間見守った彼には、かつて自分が劇団員として演劇に打ち込んだ日々が、懐かしく、慕わしく甦《よみがえ》ったに違いない。

(舞台には立たせてあげられないけど、せめて、稽古を見守った李英が板に立ってるのを見て、少しでも心を満たすことができたら……穏やかに消えていけるかも)

そんな期待を抱き、ロイド越しに茂の横顔を見やりつつ、海里は伊達眼鏡《だてめがね》を外すと、レンズについた埃《ほこり》をフッと吹いてから掛け直した。

ガチガチの変装はかえって目立つので、Tシャツとカーゴパンツに、地味なハットと伊達眼鏡という装いでやってきた海里だが、隣にいるロイドは相変わらずの英国紳士ファッションなので、ちぐはぐなことこの上ない。

（ロイドと一緒にいると、嫌でも目立つけど……まあ、人目につくのはロイドのほうだから、むしろ俺が霞《かす》んでいいかもな）

そんなことを考えながら、スマートフォンの電源をオフにしていた海里は、ふと背後に人の気配を感じたと思うと、肩に手を置かれ、ビクッとして振り向いた。

そこにいたのは、まさかの里中李英だった。

既に舞台衣装であるくすんだブルーのツナギを着て、腰にはジャンパーを巻き付けている。

「お、お前、何してんだよ、こんなとこで。楽屋にいなきゃダメだろ」

海里はむしろ自分が狼狽《ろうばい》してそう言ったが、李英はいつものちょっと困った笑顔で海里に囁いた。

「それが、ササクラさんが、先輩のこと、開演前にカンパニーに紹介したいって言うんです。力を貸してくれた人が増えるほど、カンパニーが振り絞れる力も増すからって」

「や、そんなこと言われても困るって。俺、あんま芸能界の連中に会いたくないし」

「わかってますけど、ササクラさん、言い出したらきかない人なんですよ。名前は伏せてくれるようにお願いしてますから、チラッと顔だけ出してください。お願いします、早く！　ロイドさんも！」

「マジかよ……」

海里は大いに戸惑ったが、客席で、出演者と元芸能人が口論するのはまったく好ましくない。

やむなく海里とロイドは席を立つと、李英に連れられて、小走りで楽屋へ向かった。何故か松原茂の幽霊まで遠慮がちに、しかし我慢できなかったという風な様子でついてきてしまっている。

(ああ、何だよ、これ。……まあ、いいか。松原さんが、楽屋の雰囲気を味わえてよかったかも)

せっかく優雅に観劇するつもりが、とんでもない展開である。

しかし、海里の戸惑いは、楽屋の重い鉄製の扉を開け、喧騒《けんそう》の中に足を踏み入れるなり、綺麗《きれい》に拭《ぬぐ》い去られてしまった。

入れ違いに胸に満ちたのは、懐かしさと、泣きたくなるような喪失感だ。

かつてミュージカル俳優だった頃は、公演中、まるで部活動のように仲間たちと顔を合わせてじゃれ合い、スタッフの大人たちに叱られたり、一緒に泣いたり笑ったり、相談に乗って貰《もら》ったりしていた。

記憶の底に眠っていた当時の思い出が、次から次へと甦り、そのたび海里の胸がじくじくと疼《うず》く。

二度と戻らない思い出は、それが大切であればあるほど、痛みを伴って思い出されるものであるらしい。

(きっと、松原さんも似たような気持ちでいるんだろうな……)

揃いのピンク色のTシャツを着たスタッフたちと狭い通路ですれ違い、もはや小走りの李英に必死でついていきながら、海里は複雑な想いを噛《か》みしめていた。

「おー、来た来た」

海里たちを呼びつけたササクラは、役柄の老俳優らしい、仕立てはいいがどこかくたびれた時代遅れのスーツを着込み、楽屋で自らメイクをしているところだった。

髪をきっちり後ろに撫《な》でつけているので、昨日とは少しイメージが違い、ずいぶん洒《しゃ》脱《だつ》でノーブルな雰囲気が出ている。

「どうも。今日は、おめでとうございます」

海里は、お決まりの挨拶《あいさつ》をした。ロイドも、海里の隣でニッコリ会釈する。二人の背後には松原茂の幽霊が、半ば透けた状態で立っているのだが、ササクラにも李英にも、忙《せわ》しく出入りしているスタッフたちにも、見えていないようだった。

「呼びつけちゃって悪いね。そっちが、噂のロイドさん？　定食屋にイギリス紳士って、珍しいね」

ササクラに興味津々の視線を受け、ロイドは愛想よく返事をする。

「はい。海里様にも里中様にもたいへんご贔屓《ひいき》をいただいております」

「はー、日本語もペラペラときた。いい人脈持ってるなあ、李英は」

「ありがとうございますっ」

おかしな方向で褒められ、李英は額の汗を袖《そで》で拭《ふ》きながら、早くもくたびれた笑みを浮かべる。

「もうじき、みんなで円陣組むから、そんときにチラッと紹介させてよ。名前伏せろって言われたけど、なんて紹介すればいい？　ディッシー君？」

「や、それ、むしろバレバレになるんで、勘弁してください。もう、名前はいいです。李英の友だちってことで」

海里は苦笑いでそう言いながら、楽屋の中を見回した。

ただ一回だけの公演なので、あまり荷物を持ち込まなかったのだろう。鏡の前のメイク道具も、決して多くはない。だが、床の上にさりげなく置かれた意外なものに、海里は目を見張った。

「……トースター？」

すると、ササクラはおどけた表情で、「しーっ」と、口の前に人差し指を立てた。

「こういうの持ち込むと、ハコによっては怒られることがあるんだけどさ。俺ね、仕事の直前に、どうしてもトースト食いたいのよ。食パンの上にスライスチーズを載っけて、チーン！　ってこんがり焼いてさ」

「……わかるような、わかんないような」

「ケータリングの寝ぼけた味や温度の飯じゃなくてさ、あっつあつのチーズトースト食って、ガツンと気合い入れて、出ていきたいんだわ。俺はさっき食ったけど、お前さんも食ってく？」

カジュアルに問われて、海里はぶんぶんとかぶりを振った。ササクラは、開演直前だというのに少しも緊張した様子はなく、「旨《うま》いのにぃ」と笑いながら、どんどんメイクを仕上げていく。

そのとき、急に部屋の外が騒がしくなったと思うと、血相を変えたスタッフがノックもなしに駆け込んできた。

「ササクラさん、大変です！　武田《たけだ》さんが……ほら、リハが終わったあと、お腹が痛いって言ってたでしょう。タクシーで近くの病院へ行ったんですけど、今、電話で戻れないって。ヤバいっすよ」

「ハァ!?　マジかよ！」

ササクラはさすがに驚いた様子で、化粧用のスポンジを放り出すと立ち上がり、スタッフについて楽屋を走り出て行った。

「先輩、ちょっとすいません。僕も様子を見てきます」

李英も、その後を追う。

さすがに一緒に行っても邪魔になるだけなので、海里とロイド、それに誰にも見られず紛れている茂の幽霊は、ササクラの楽屋で所在なく待つしかない。

ほどなく戻ってきたササクラは、海里の顔を見るなり、開口一番、「お前、出ろ」と、荒っぽい、叩《たた》きつけるような命令口調で言った。

海里は何が何だかわからず、「はい？」と、上擦った声で返事をする。

ササクラは酷《ひど》く苛立《いらだ》った様子でまくし立てた。

「今さ、武田……お前が李英と稽古するときにやってた『食堂の親父』の役をやるはずだった奴が病院から連絡してきて、胃だか腸だかにアニサキスがいて、全部取り出してもらうまで身動きが取れねえんだとよ」

「ええっ？」

「とても開演までに戻れそうにないらしいし、戻れたとしても、すぐに芝居は無理だろう。となると、代わりをやれるのはお前しかいねえ」

ササクラの意図を察して、海里は飛び上がった。

「いや、待ってくださいよ。俺は稽古《けいこ》に付き合っただけで」

「昨日、手ぶらでやってたじゃねえか。台詞《せりふ》、全部入ってんだろ？」

「それは……まあ」

「だったら出ろ。出てくれ。お前だって、役者の端くれだろうが」

「いや、でも俺……」

「役者の数がカツカツで、アンダースタディなんかいねえんだ。お前が出てくれないと、食堂のシーンがやれねえ。李英の努力が無駄になるぞ」

「そんな無茶苦茶な！」

突然の出演要請、というかもはや脅迫に近いササクラの物言いに、海里は軽いパニック状態に陥る。

だが、そんな海里の背中にそっと手を当てて落ちつかせようとしながら、ロイドはいつもの呑気《のんき》な笑顔でこう言った。

「お出になってください、海里様」

「ロイド、お前何言ってんだよ」

「海里様なら、できます」

あっけらかんと、ロイドは断言する。海里は呆《あき》れて、あんぐりと口を開いてしまった。

「お前なあ、その根拠のない自信は何なんだよ。芝居って、そんな甘いもんじゃないんだぞ。俺は李英の稽古に付き合っただけで、ちゃんとやったわけじゃ……」

「里中様のお稽古のために、ご自宅に戻られてからもずっと台本をお読みになり、お部屋の中を歩き回って練習しておいでだったではありませんか。ちゃんと、おやりになっていましたよ」

「それはそうだけど」

海里はなおも渋ろうとする。だが、部屋に戻ってきた李英も、真剣な面持ちで言葉を添えた。

「お願いします、先輩。先輩がまた一緒に舞台に立ってくれるなら、僕、ベスト以上のものが出せる気がします」

「李英……」

海里の視界の端っこ、ちょうど李英の横で、茂の幽霊も、再びの小刻みなガッツポーズと気合いの入った表情で、海里に「出ろ」と訴えている。

（ああ……参ったな。マジかよ）

芸能界から身を引いてかなり時間が経ってしまった自分などは、神聖な舞台に上がるべきではないと、海里の理性は告げている。

しかし一方で、腹の底から、舞台に立ちたい、演じたいという気持ちが入道雲のように膨れあがるのを、彼はどうしても抑え込むことができなかった。

「俺……」

発した声の弱々しさに呆れ、海里は自分の頰を片手でペシリと叩いてから、ササクラを見た。

「俺でよかったら。一生懸命やります」

「よしっ！　よく言った！」

ササクラは満足げに大きく頷《うなず》くと、海里の肩に手を置き、自分の鏡前に座らせた。

「わかってる。お忍びなんだろ？　お前の名前は出さないし、ちょっと見、客席からはわかんないように、俺が超特急でメイクしてやる。心配すんな。李英、お前は自分の支度をしてこい」

「はいっ！　じゃあ先輩、またあとで」

李英はバタバタと出て行き、ロイドは早くもメイクを始めたササクラと、まな板の上の鯉状態の海里を見やって満足げに微笑む。

「では、わたしは客席で、海里様と里中様の勇姿を拝見致します」

そんな言葉を残してロイドもご機嫌で去り、室内にはササクラと海里、そして茂の幽霊だけが残された。

時間がないので、ハットと眼鏡を外した海里に両手で前髪を上げさせ、ササクラは濃い目のファンデーションを荒っぽく塗りつけていく。

「メイクさん、いないんですか？」

「雇う金が残らなかったな！　張り切ったハコを借りたから」

海里の問いに、ササクラは豪快に笑って答える。

「確かに。立派なハコですよね。俺、ドサクサとはいえ、こんな場所で舞台に立てるとは思いませんでした。棚ボタ過ぎて、ホントにいいのかなって」

正直に不安を訴える海里に、ササクラは、当たり前だと笑った。

「棚ボタってのはな、摑《つか》んでこそ生きてくる。床に落ちたぼた餅《もち》なんて、どうしようもねえだろ。それに、ちょっとの背伸びで、人間、でっかく成長すんのよ。この公演が、李英やお前さんの糧になりゃ、俺も嬉《うれ》しいし、高居も空の上で、きっと喜ぶ」

「……はい」

「んー、お前さん、このままじゃ田舎の食堂の親父にしちゃ、垢抜《あかぬ》けすぎてっから、ちょっとダサい顔にすんぞ。あと、十歳老けさせる感じで」

「芝居も、老けさせたほうがいいですか？」

「いや、そりゃ昨日のままでいい。俺ぁ、アレが気に入ってんだ。余計な小細工しようとすんじゃねえよ」

そんな会話をしながら、ササクラは、海里のこめかみや目の下、頬や口元など、人間の加齢による変化が現れやすい箇所に、手早くシャドーやハイライトを入れていく。

雑にやっているように見えて、ササクラのメイクは実に的確だった。鏡の中の自分の顔が、どんどんくすみ、老けていくのを感心して見ていた海里は、背後に立つ茂の幽霊が、酷く羨《うらや》ましそうな顔でこちらを見ていることに気付いた。

(茂さんも、舞台に立ちたいって言ってたもんな。それが心残りで、二年もこの世に留《とど》まっちゃったんだから。……ん？　そうだ、もしかしたら。……いや、でも、どう言ったもんだろ)

ふと浮かんだアイデアをしばらく頭の中で転がしてから、海里は迷いながらもこう切り出した。

「ササクラさん、昨日言ってもらったこと」

「あん？　あに？」

アイライナーのペンシルを口にくわえたササクラは、不明瞭《めいりょう》な声で返事をする。

「昨日、李英の稽古に付き合ったお礼、何でも言ってくれって」

「あんまり金がかかることは無理っつったぞ？」

「ゼロ円です」

「おう、そりゃいいな。何でも言えよ」

ぐりぐりと海里の眉毛《まゆげ》を描き足しながら、ササクラは笑って鷹揚《おうよう》に言う。海里は、勇気を振り絞って、こう言ってみた。

「俺、食堂の親父を今からやるわけじゃないですか」

「おう」

「食堂に、マサルの他にもう一人、エキストラのお客さんを増やしてもいいですかね」

するとササクラは、警戒するように眉根《まゆね》を寄せた。

「おいおい、ロイドさんはダメだぞ。田舎の夜の食堂でイギリス紳士が飯食ってたら、マサルより目立っちまうだろ」

「ロイドじゃないです。っていうか、正味、ほとんどの人には、誰でもないです」

「は？　どういうこと？」

「実家の店を継ぐために劇団を辞めて、でも演劇がずーっと好きで、ドラマのチョイ役とかエキストラとかを仕事の合間にやることで、命を削りながら芝居に関わってきた人がいるんです」

「……そりゃまた、李英がやる、マサルの死んだ祖父《じい》さんみたいな人だな。どこにいるんだ、そいつ」

海里は頷き、鏡越しに茂の顔をじっと見つめて言った。

「ここに」

手を止めて室内を見回したササクラは、胡乱《うろん》げに海里を見た。

「何言ってんの。ここには俺とお前さんしかいねえよ？」

「もう、この世の者じゃない姿で、いるんです」

「……幽霊ってこと？　お前、もしかしてちょっとアレ系の」

「違います。信じなくていいですけど、ホントなんです。もっぺん舞台に立ちたい、その気持ちが強すぎて、事故で亡くなった後もずっとこの世に居残っちゃった人がいるんです。俺と李英が芝居の稽古《けいこ》をしていたらやってきて、四日間、あのカラオケボックスでずっと見守ってくれた人なんです」

　あからさまに薄気味悪そうにしていたササクラだが、海里が真剣に話すのを聞いているうち、何か心に響くものがあったらしい。真顔になって、再び手を動かし始める。

「まあいいや。……そいつがいると仮定して、で？」

「ササクラさんが俺にくれるお礼を、俺は、その幽霊さんにあげたいんです。第七場、食堂のエキストラに、幽霊……松原茂さんを出してやってもらえませんか？　誰にも見えなくても、きっといい芝居をしてくれると思います」

「………」

　海里の右目にアイラインを入れる間じゅう、ササクラは口を引き結び、黙りこくっていた。

「うぇ？」

（やっぱり、無理か。俺が頭おかしいと思われただけで終わっちゃうかな）

鏡の向こうの茂も、ガックリ項垂《うなだ》れている。

海里が諦《あきら》めかけた頃、ササクラは「わかった」と短く承諾の返事を口にした。

「えっ!?　ホントですか！」

「動くな。アイライナーが目に突き刺さるぞ」

海里を軽く叱ってから、今度は左の上瞼《うわまぶた》にアイラインを引きつつ、ササクラは片頰を引きつらせるような笑い方をした。

「正直、お前の頭がいかれてるんじゃないかと思ってるけど、その話、気に入った。同じ役者として、そうありたいと思う。だから、いいよ。いるっていうんなら、出してやるよ」

「……ありがとうございます！」

アイライナーを引かれている真っ最中なので、頭を下げることができない。海里はその代わり、声に感謝の気持ちを目いっぱい込めた。ササクラには見えていないが、茂の幽霊も、泣きそうな顔で深々とササクラにお辞儀をしている。

（よかったですね、松原さん！　思い残したこと、やれますよ）

心の中で茂に話しかける海里の顔を片手でグイと上げさせ、薄い無精ひげの代わりに顎《あご》に軽くシャドーを入れながら、ササクラは「おい」と海里を軽く睨《にら》む。

「その幽霊とやらに構うのもいいけどよ、お前、自分以外のことに気を回せるとは、ずいぶん余裕だな。ディッシー君、実は大物か？」

「や、ち、違いますよ！　バキバキに緊張してますって」

「ホントかよ」

「ホントです。あと、ディッシー君はマジで勘弁してください」

あからさまに嫌そうな顔をする海里に、ササクラは「俺はマジで好きなんだけどなぁ、ディッシー」と、真顔で返したのだった……。

＊　　　＊

上手舞台袖《そで》の暗がりで、隣に立つ李英が、手のひらいっぱいに「人」の字を書いてゴクリと飲み込む、緊張を解《ほぐ》すおまじないをするのが見えた。

ミュージカル時代は、公演期間中、毎日見ていた懐かしいルーティンだ。

「大丈夫か？」

こちらも昔のようにヒソヒソ声で訊《たず》ねると、李英も強張《こわば》った顔で無理やり笑って、「大丈夫です」と返してくる。

（相変わらず、ちっとも大丈夫じゃねえな）

海里は苦笑いして、両手で李英の鉄板のように固くなった肩を解した。

（いつもこうだった。李英が毎度、泣きそうな顔で緊張するから、心配し過ぎて、俺が

緊張する余裕がなくなるんだよな）

　今も、ごわついたツナギ越しに感じる李英の体温が、海里の緊張を溶かしてくれるようだった。

「仲良しかよ」

　背後からやってきたササクラが、そんな二人の姿を冷やかす。

「仲良しっすよ」

　海里が囁《ささや》き返したとき、短い曲のフレーズと共に、舞台上が暗転した。スタッフが、大道具を素早く正確に移動させ始める。

　いよいよ第七場。李英と海里が久々に共演することになるシーンが始まるのだ。

　そして、海里の隣には、やはり緊張の面持ちで茂の幽霊が立っている。

　海里と目が合うと、茂はゆっくりと頷《うなず》いてみせた。やるぞ、という気概が、彼のやや腫《は》れぼったい目に漲《みなぎ》っている。

　たとえ即席でも、同じ板の上で芝居をする以上、茂もカンパニーの一員になったということだ。その喜びが、半ば透けた身体から溢《あふ》れているようだった。

　ほどなく、食堂のセットが舞台上に据えられる。ササクラは、右手を李英、左手を海里の肩に置き、指先にグッと力を入れてから、「行ってこい」と前に向かって押し出した。

「行ってきます」

二人は小声で同時に返して、肩を並べ、舞台の上へ足を踏み出した。

再び照明が点《つ》くと、いかにも鄙《ひな》びた、昔懐かしい食堂のセットが浮かび上がる。

カウンターの中には食堂の親父役の海里が、カウンター席には、マサル役の李英が座っている。

食事ができるまで、マンガ雑誌を読んで待っている体だ。

そして、いちばん奥のカウンター席には、松原茂の幽霊が座っていた。

彼の前には食器すら置かれていないのだが、彼は食事をする演技をしている。

自分がもはやこの世の者ではなく、ほぼ誰の目にも見えていないことは承知しているだろうに、茂は生前にエキストラを務めていたときとおそらく同じように、さりげない芝居をひたすら実直に披露していた。

第七場は、かつての俳優仲間を訪ねたものの、既に死んでいたことに落胆した老俳優境川が、徒労感で重い足を引きずり、食堂にやってくるところから始まる。

ガラガラ、という引き戸を開ける音とほぼ同時に、海里は第一声を発した。

「いらっしゃい」

何でもない一言だが、これが意外と難しい。

変わり映えのしない古びた店の中で、お決まりのメニューを作り続けるマンネリ感にくたびれ始めていて、お客を愛想よく迎えるつもりもあまりない……。台本には書かれていないが、海里がイメージして作り上げた、そんな「食堂の親父」の心境を、最初の一言に込めなくてはいけない。

ある意味、「ばんめし屋」における夏神や海里の対極にいるような人間だが、日常のすべてのことが当たり前になってしまい、つつがないことをありがたいと思う気持ちを失った状態は、海里にとっては過去の自分そのものだ。

入って来た客に特に注意を払うこともなく、海里は「エアー調理」で豚の生姜《しょうが》焼き定食を拵《こしら》え、食器をトレイに並べ、それを李英の前に置く。

李英は雑誌を閉じてテーブルに置くと、割《わ》り箸《ばし》を割って、食事の演技を始める。

この四日間、二人は互いの演じるキャラクターについて共に掘り下げ、演技の息を合わせてきた。短い日数とはいえ、そうした地道な稽古の積み重ねが、二人の身体を自然に動かしてくれている。

遠くまで足を運んだのに徒労に終わった苛立《いらだ》ちと、空腹がもたらす不機嫌。

そんな境川の心境を、ササクラは脱いだコートをやや乱暴に空いた椅子の背に引っかけ、カウンター席の椅子を引いて、いかにも怠《だる》そうに腰を下ろす一連の動きで見事に表現してみせる。

普段のササクラは極めて姿勢がいい男だが、疲れた老俳優を演じている今、彼の背中は、筋肉を失って丸み始めた老人そのものの曲線を描いていた。

（さすがだな、ササクラさん）

ドラマチックに声を張り上げずとも、ササクラが登場するだけで、舞台上の空気がピンと張り詰めた。

自分たちの芝居を観客に見られ、ジャッジされるだけでなく、共に舞台の上に立っているササクラとも芝居で闘い、また同時に協調しなくてはならない。

そんなプレッシャーに震えそうになる指先を心の中で叱りつけ、海里は湯呑《ゆの》みをササクラの前に置いた。

「何にします？」

「月見うどん」

海里のぞんざいな問いかけに、ササクラはお品書きを一瞥《いちべつ》しただけで、こちらもぶっきらぼうに返す。

かしこまりましたも言わず調理にかかった海里の耳に、台本にない台詞《せりふ》が飛び込んできた。

「あんのかい、月見うどん。品書きには書いてなかったが」

（おいおいおい）

海里は背中にどっと汗が滲《にじ》むのを感じた。

ついさっき、代役を務めることが決まったばかりの海里に、ササクラはアドリブを仕掛けてきたのである。心の中は大慌てだが、食堂の親父は、そんなことで動じるようなナイーブさは既に失っているはずだ。

そう思うと、不思議なほどスルリと、こちらもアドリブの台詞が口をついて出た。

「素うどんに卵を落としゃ、それで月見だろ」

「なるほど、そりゃそうだ。手間かけるね」

ササクラは皮肉っぽく肩をそびやかすと、カウンターの端に置いてあった新聞に手を伸ばす。

「お客さん、見ない顔だね。東京から？」

「なんでわかった」

「紙袋。東京の人は、『とらや』の羊羹《ようかん》を土産にするのが好きなんだろ」

「そりゃまた酷《ひど》い当てずっぽうだな」

「ハズレ？」

「いや、当たりだ」

そんな台本どおりの会話をササクラとしつつ、海里は内心、舌を巻いていた。

さっきのササクラのアドリブは、海里を苛《いじ》めてやろうとか、試してやろうとか、そんなつもりで言ったわけではないとわかったからだ。

昨日、海里と李英の稽古《けいこ》を見たササクラは、海里が勝手に作り上げた「食堂の親父」のキャラクターをしっかり把握してくれていた。

その上で、客に対する興味が薄い親父が、自分から境川に興味を抱き、「お客さん、見ない顔だね」と話しかけることはないだろうと判断したのだ。

だからこそ、境川のほうから話しかけるというアドリブを入れることで、親父が境川に意識を向ける自然な流れを作ってくれたのである。

（やられた……。ありがたいけど、なんか悔しいな）

無論、この場のメインはマサルと境川なので、海里はあくまでも一歩控えて、狂言回しの立ち位置を守らなくてはならない。それはわかっていても、胸の奥に「負けられない」という気持ちがメラメラとわき上がってくる。

たった一回の公演、たった一度のチャンスだからこそ、台詞ひとつ、動きひとつに、今の自分にできる最高を詰め込みたい。

そんな熱に心を満たされ、海里は物語の世界へ没頭していった……。

＊　＊

稽古のときは、ずいぶん長いシーンだと思った第七場。

しかし、本番は一瞬のようにも永遠のようにも思われた。気がつけば舞台上が暗転し、海里は舞台下手《しもて》に退いていた。

彼の出番は、呆気《あっけ》なく終わってしまったのだ。

「予想以上だ」

李英と共に、次の場にも出なくてはならないササクラは、舞台袖《そで》で海里を軽く抱擁してそう言ってくれた。

「ありがとうございました」

心からの感謝の言葉が、海里の口から零《こぼ》れる。驚いたことに、ササクラは海里をハグしたまま、真面目な声でこう囁いた。

「信じられねえけど、俺にも見えたわ、幽霊エキストラ」

「……マジですか？」

「一瞬だけどな。暗転した瞬間、見えないはずのもんが見えた。こう、おでこにでっかいホクロのあるガリガリのおっさんが、嬉《うれ》しそうに笑って、俺に頭を下げてきた」

「それです。まさにそれ、松原さん」

「……松原さん、ね。よろしく言っといてくれ。俺と高居の舞台に花を添えてくれてありがとなって」

「はい！」

「俺の楽屋、使《つか》っていいからな。ケータリングも、お粗末だけど食ってけよ。あと、打ち上げにも来い」

そう言って海里の背中を叩《たた》いて身体を離し、ササクラは再び光の中へ出ていく。

（ありがとうございました！）

もう一度、声を出さずにそう言って、海里は舞台袖から、ササクラの背中に深々と一礼した。

厚意に甘えてササクラの楽屋に戻ると、そこには松原茂の幽霊が待っていた。

もう一度、舞台に立ちたい。

そんな切実な願いが叶《かな》えられた今、茂の痩《や》せた顔には満ち足りた笑みが浮かんでいる。

「松原さん。お疲れ様でした。ササクラさんが、見えたって。ありがとうって言ってました」

茂はそれを聞いて、はにかんだように笑い、幾度も頷《うなず》いた。

その顔を見ているだけで、海里も幸せな気持ちになった。だが、まだ何か、足りない気がする。

まだ何か、自分が茂のために、彼が安らかにこの世を去ることができるように、してあげられることがあるような気がする。

(何か……まだ何か……)

「あっ」

海里は、突然床にしゃがみこみ、何かを両手で持ち上げた。

それはササクラがこっそり持ち込んだトースターである。視線を巡らせれば、鏡前の隅っこに置かれたコンビニの袋の中から、袋の口を開けっぱなしの食パンと、スライスチーズのパッケージが見えた。

それらを確かめた海里は、テーブルの上にトースターを据え、訝《いぶか》しげに自分を見ている茂に声を掛けた。

「ちょっとだけ待っててください！　すぐだから！」

そう言って、彼は通路に飛び出した。

給湯室前の奥まった場所に、ケータリング用のテーブルが用意されていた。

予算の厳しさを物語るように、決して豪華なものではない。コンビニエンスストアや、近所の惣菜《そうざい》屋、パン屋で調達してきたような、駄菓子、おにぎり、サンドイッチが、既にかなり食い散らかされた状態で並べてある。

(材料さえ揃《そろ》えば、なんとか！)

海里は忙《せわ》しく視線を走らせ、紙皿に何点か食べ物を取って、ササクラの楽屋に戻った。

いったい何をするつもりかと、茂はぼんやりと立ち尽くしている。

「あとちょっとだけ待ってて」

そう言うと、海里はシンクで手を洗い、「これもケータリングってことでいいよな」とひとりごち、コンビニエンスストアの袋を開けた。

食パンを一枚取り出し、余分に持ってきた紙皿の上に置く。

そして、まずはフライドポテトについてきたとおぼしき、小さな袋入りのケチャップを、パンの上に薄く塗り広げた。

「あとで残骸《ざんがい》はちゃんと食うから、許してくれよ」

次にそう呟《つぶや》きながら、持ってきたサンドイッチを開き、ツナとマヨネーズ、それにタマネギのみじん切りを混ぜ合わせたフィリングを割《わ》り箸《ばし》の側面で削り取るようにして、食パンの上に移し、やはり薄く広げた。

さらに、別のサンドイッチの中から薄切りのトマトとハムを抜き出し、小さくちぎってパンの上に散らし、最後にスライスチーズをこれまた細かくちぎって、パンの上にまんべんなくたっぷりと置いた。

「これを……こうして」

最後に食パンをトースターに入れ、チーズがとろけてこんがり焼き色がつくまで加熱する。

完成したのは、言うまでもなく、ピザトーストである。

熱々のそれを紙皿に載せ、海里は誇らしげに茂に差し出した。

「お母さんから聞きました。松原さん、役がついたときにはいつも、記念にピザトーストを食べてたって。俺、こないだご馳走《ちそう》になってきたんです。滅茶苦茶《めちゃくちゃ》に作りましたけど、具は、お母さんが毎日、松原さんに供えてるのとほとんど同じです」

母が？　と、茂は唇の動きで海里に問いかける。海里は笑顔で頷いた。

「はい。毎日、お昼にピザトーストを作って、熱々を仏壇に供えてるそうです。松原さんは自宅に帰れないだろうから、食えてないと思って。せめて最後に、お母さんのピザトーストの味を知ってほしくて、作りました」

ピザトーストを凝視する茂の喉仏《のどぼとけ》が、大きく上下に動く。ごくりと生唾《なまつば》を飲み込む音が、海里には聞こえたような気がした。

「ホントまピーマンの輪切りが載ってたんですけど、さすがにケータリングにピーマンは見つからなくて。でも、あとはマジでほとんど一緒です。めっちゃ旨かったです。だから」

海里の説明を聞いているのかいないのか、茂は海里を見ずに、そろそろとピザトーストに手を伸ばし、両手でしっかりと摑《つか》んだ。

そして、惚《ほ》れ惚《ぼ》れとした顔つきでしばらく矯《た》めつ眇《すが》めつしてから、大きな口を開けて、がぶりと齧《かじ》る。

肉付きが極めて薄い頬が、口の中に詰め込んだピザトーストの質量そのままに、ぽっこりと膨れる。

ゆっくりと何度か咀嚼《そしゃく》してピザトーストを飲み下し、茂はうっとりと目を閉じた。

生前は味わうことがなかった母親手作りのピザトーストの味を、心に刻みつけるような表情だった。

しばらくして目を開けた彼は、海里に皿を返し、晴れやかな笑顔で「ありがとう」と言った。

相変わらず声は出ていなかったが、唇を大きく動かしてハッキリとそう伝えてくれた茂に、海里も笑顔で言葉を返す。

「俺こそ、五日間、お世話になりました。……お仕事をご一緒できて、光栄でした」

ともすれば社交辞令になりがちな業界の常套句《じょうとうく》ではあるが、海里は思いの丈を詰め込んでそう言った。

その気持ちは、十分に伝わったのだろう。茂は微笑んで頷き、それを合図にしたように、彼の全身が急激にかすみ、薄らいでいく。

やがて、茂の姿も気配も、完全に消えた。残されたのは、クッキリと彼の歯形が残ったピザトースト一枚である。

その置き土産をしみじみ眺め、海里はほうっと深い息をついた。

だが、いつまでも他人の楽屋で、感慨に耽《ふけ》っている場合ではない。

「さっさと化粧を落として着替えて、ロイドんとこに戻らなきゃな。……お借りします」

舞台上のササクラに形ばかりの断りを入れて、海里は彼の化粧ポーチを開けた……。

(もう、だいぶストーリーは進んじゃっただろうな)

化粧を落とし、借りた衣装を脱いで身支度を整えた海里は、客席に戻るべく楽屋を出た。

ひとりなら楽屋のモニターで最後まで見ていくところだが、ひとり寂しく客席で観劇しているロイドを放っておくのは気がとがめる。

しかし、人気のない二階席への階段を上がっている途中で、海里は背後から自分の名を呼ぶ女性の声を聞き、弾《はじ》かれたように足を止めた。

「五十嵐君」

もう一度、その声は呼びかけてくる。

耳に心地よい　若い女性の声だ。

（ヤバい。もしかして、気付かれたかな。李英のファンは俺のファンとけっこう被《かぶ》ってたからな……）

　このまま他人のふりで客席に戻ってしまおうかと、海里は考えた。いくら熱心なファンでも、上演中の客席で騒いだりはしないだろうと思ったのだ。

「五十嵐君！」

　しかしその「誰か」は、もう一度、海里の名を呼んだ。澄んだ声には、何故か縋《すが》るような切実な響きがある。

　海里は諦《あきら》めて、ゆっくりと振り返った。

　階段の下に立っていたのは、驚くほどほっそりした、海里と同年代の女性だった。

　上品なブラウンに染めた肩に届くほどの髪をハーフアップにまとめ、華奢《きゃしゃ》な身体を包むのは、シンプルな白いブラウスにふんわりした膝丈《ひざたけ》のスカート、そして淡い色の薄手のカーディガン。サンダルのヒールはほどほどの高さで、実に上品なコーディネートだ。

「……嘘だろ」

　ゆっくりと身体ごと彼女のほうを向いた海里の口から、掠《かす》れた声が漏れる。

「五十嵐君」

　彼女は、四回目の海里の名を呼んだ。

　卵形の綺麗《きれい》な輪郭線の顔は酷《ひど》く青ざめ、声は細かな震えを帯びている。

ガランとした空間に彼女の帯びた緊張感が満ち満ちて、海里も顔が強張《こわば》るのを感じた。

同時にこみ上げてきた憤りと嫌悪の情に、海里はギュッと両の拳《こぶし》を握りしめた。

さっきまでの高揚した気持ちは、瞬時に消え去った。

川越実結《かわごえみゆ》。

それが、その女性の名だ。

海里が芸能界を追われる原因となった、清純派女優とのスキャンダル。

酒に悪酔いした女優を介抱するふりで自宅に押し入り、不埒《ふらち》な行為に及ぼうとしたが、彼女の抵抗に遭って這々《ほうほう》の体で逃げ出した……。

そんなゴシップニュースのせいで、海里は事務所をクビになり、なすすべもなく東京から逃げ出す羽目になった。

本当は、海里は泥酔した彼女を自宅に送り届け、様子を見守ってから引き上げただけなのに、共に居酒屋を出てからの一連の行動を週刊誌の記者にスクープされ、女優のイメージを守るために、海里がスケープゴートにされたのだ。

そのときの女優が、マネージャーも連れずたったひとり、海里の目の前にいる。

当時、彼女が売り出し中の人気女優で、事務所にも力があったため、海里には申し開きの機会すら与えられなかった。

彼が口を開いて真実を語れば、デビュー前から世話になった事務所にも、そこに所属する他のタレントや役者にも圧力がかかり、仕事ができなくなる。

そんな事態を避けるため　海里は口を噤み、世間の中傷に追われて逃げ出すしかなかったのだ。

一方で実結は、大々的にマスコミを集め、事務所の幹部たちの同席の下、きちんとした記者会見を開いた。

「こんなことが起こったのは、私に隙があったからでもあります。猛省しています。これからは、皆様のご期待を裏切ることのないよう、いっそう精進して参ります」

清楚《せいそ》な白いワンピースで泣きじゃくりながら反省の弁を述べる彼女の姿を、海里はテレビの画面で見た。

今にもくずおれそうな痛々しい姿は世間の同情を引き、余計に海里が人でなしの加害者、彼女は哀れな被害者であるというイメージを掻《か》き立てた。

そのときの絶望的な気持ちが洪水のように押し寄せてきて、海里は思わず壁に片手をつき、ふらつきそうな身体を支える。

「実結さん……」

どうにか名前を呼び返すと、実結の大きな目には、みるみる涙が盛り上がった。

「あの。あのね、五十嵐君」

そう言って、階段の半ばにいる海里の顔を見上げ、実結は深く頭を下げた。大粒の涙が、ポタポタと床面に落ちる。

海里は何も言わず、そんな彼女の綺麗なつむじを呆然《ぼうぜん》と見ていた。

いったい何故、実結がこんなところにいるのか、理解できなかったのだ。

あまりにも反応がないので、ゆっくり頭を上げた彼女は、再び海里を見た。そのほとんど化粧をしていない顔は、早くも涙でグチャグチャになってしまっている。

「なんで、ここに？」

そう言いながら、海里はゆっくりと階段を下り、彼女と向かい合った。

休憩時間のない舞台だし、観客は滅多に通り掛かるまい。咄嗟《とっさ》にそう判断したのである。

実結は涙声で、こう言った。

「先週から、朝ドラの撮影で来てるの。大阪と神戸が舞台だから、こっちでのロケが多くて。今日は、撮影の合間のお休み」

「……ああ」

「ササクラサケルさんの舞台が観たくて、時間が取れそうだから、ササクラさんに昨日、電話したの。関係者席がまだあるかなって。そうしたら、神戸公演には里中君が出るよって話になって」

「李英のこと、知ってるんですか」

「二度くらい、お芝居でご一緒したことがある。それで、五十嵐君が里中君のお稽古《けいこ》を手伝ってる、明日《あした》も来るって言われて……もしかして会えるかな、会いたい……っていうか、会わなきゃって思って——

「……舞台　観てたんじゃないんですか」

「マネージャーに連絡しなきゃいけないことを思い出して、ちょっと抜けて、電話をかけてたの。そしたら、五十嵐君が通りかかったから……私、何も考えずに追いかけてきちゃった」

「そう、ですか」

海里の表情も声音も、酷く硬く、よそよそしい。

それでも、海里が自分と口をきいてくれるだけでもホッとしたのか、実結は胸元に手を当て、気持ちを落ちつかせようとしながら再び口を開いた。

「さっき、出てたよね？　席が遠かったし、顔はよくわからなかったけど、声が五十嵐君だと思った」

海里は黙って頷《うなず》いた。

実結と世間話をするつもりはなかったし、迂闊《うかつ》に口を開けば、事件当時に彼女にぶつけてやりたかった悪口雑言が溢《あふ》れ出してしまいそうだったからだ。

実結は海里の顔をじっと見て、何か言おうとして幾度も口を開きかけてはやめ、そして、とうとう一言だけを絞り出すように言った。

「ごめんなさい」

海里は、深く息を吸い込み、ギュッと目をつぶった。

ふざけるな、と怒鳴るべきなのだろう。

謝られても、今さら遅い。遅すぎる。

俺はあんたを助けただけだ。親切にしただけだ。

何一つ悪いことをしていないのに、何故、俺は犯罪者扱いされて、芸能界を追われ、肩身の狭い思いをし続けなければならなかったんだ。

何故、会見で本当のことを言ってくれなかった。

何故、自分を踏みつけて、平気な顔で活動を続けていられるんだ。

投げつけてやりたい言葉は、山ほどある。

すべて、週刊誌にスキャンダル記事が出て以来、海里の心にわだかまっていた疑問ばかりだ。

だが、目を開けて、子供のように涙を流し続ける実結の顔を再び見たとき、海里の心には、不思議な変化が起こり始めていた。

罵声《ばせい》の代わりに、海里の口から出た言葉は、恐ろしく冷静なものだった。

「朝ドラ、まだ撮影中の女優が、こんな場所で、前にスキャンダルになった元役者と会ってちゃヤバすぎるでしょ。何してんですか」

実結は驚いた顔をしたが、海里自身も、自分の発した言葉に心底戸惑っていた。

（どうして俺、こんなこと言っちゃったんだ？）

その答えは、実結の瞳《ひとみ》の中にあった。

目を見れば、彼女の後悔が痛いほど伝わってきた。

彼女自身も、苦しんできたのだ。

おそらく、事件後の対応は、彼女自身が決めたものではなく、事務所の指示だろう。それに諾々と従ったことは責めるべきことかもしれないが、海里が詰《なじ》らなくても、彼女はきっと、自分自身を責め続けてきたに違いない。

だからこそ、女優として大切な時期に再びパパラッチされる危険を冒してまで、海里に謝罪しようとしてくれたのだ。

そう思ったとき、海里の心は、自分でも不思議なほど平らかになっていた。

「俺でも、実結さんの立場ならああしたかも。目の前に、朝ドラ主役なんて一生に一度の大役がぶら下がってりゃ、どんなことをしたって掴《つか》もう、逃すまいとしますって。どうせ、事務所にああ言えって命令されたんでしょ？」

きっと怒鳴りつけられる覚悟でいたのだろう。海里が静かに語りかけてきたので、実結はむしろ途方に暮れた様子で小さく頷く。

「でも……私、五十嵐君に酷《ひど》いことを」

「されましたね、確かに」

ちょっと笑ってそう言うと、海里はポケットからハンドタオルを取り出し、実結に差し出した。そして、おずおずとそれを受け取った彼女にこう言った。

「だから、頑張ってください。俺を踏み潰《つぶ》して掴んだ仕事なんだから、もっと無我夢中になってください。こんなところに来て、泣いてる場合じゃないでしょう」

「五十嵐君……」

「撮影の合間なんでしょ？　そんなボコボコの瞼《まぶた》で来られたら、メイクさんが困ります。ここで泣いたって謝ったって、やってしまったことは、なかったことにはならないです。俺に今さら謝ったって、何の意味もない。今さら、あれは嘘でしたって実結さんがカメラの前で言ったところで、みんな、何があったかなんて忘れてますよ。俺は決して、元の場所には戻れない」

　それが如何《いかん》ともし難い現実であることは、実結も重々承知なのだろう。とうとう海里の顔を見ていられなくなって、実結は渡されたタオルを両目に押し当てる。

　小さくしゃくり上げる彼女に、海里は淡々と告げた。

「俺に謝って、スッキリしたかったですか？　だったら俺は、聞かなかったことにします。そんなことで、楽になってほしくなんかないですから」

「……五十嵐、くん？」

　苛烈《かれつ》な言葉とは裏腹の声の穏やかさに、実結は混乱した様子でタオルを顔から離す。

　もう一度実結の目をじっと見て、海里は諭す様に言った。

「俺を踏みつけにしたことが苦しいなら、苦しいまんまで、いい仕事をしてください。踏み台にされた俺が、あのとき踏まれておいてよかったと思っちゃうくらい、素晴らしい役者になってください」

　それは虚勢などではなく、海里の心の底から出た言葉だった。

事件以来、実結がテレビに映ると、反射的にチャンネルを変えてしまっていた。雑誌に彼女のインタビュー記事が載っていると、むしゃくしゃしてそこだけ破り捨てたこともある。

けれど今、海里は本当に、彼女の活躍を素直に祈る気持ちになっていた。

手放しで応援するとまでは言えないが、遠くで輝き続ける彼女の姿を、今はチラッと見てみたいとさえ思う。

「やっぱり、許して……くれないの？」

震える声で問いかけてくる実結に、海里は小さく首を横に振った。

「許せるわけないでしょ。俺、そんなに心広くないんで、許せる日が来るとか、あんま考えられないです。でも、それはそれ、これはこれっす。いい女優さんなんだから、もっといい女優さんに……なってください。そんだけです」

そう言うと、海里は実結に軽く頭を下げ、そのまま踵《きびす》を返した。実結の視線を背中に感じながらも、決して振り返らず、そのまま二階席の重い扉を開ける。

舞台の上では、ササクラがかつての仲間に酷く詰られる、つらいシーンが進行中だった。

海里は他の観客の邪魔にならないよう、タイミングをみはからって席に戻る。

「ただいま」

ロイドの耳元で囁《ささや》くと、返事のかわりに、ひっく、という小さな嗚咽《おえつ》が聞こえた。

暗がりを透かすように見ると、ロイドはハンカチを握り締め、声を出さずに器用に大泣きしていた。

大きな感動を伝えるべく、ロイドは座ったまま、両腕で海里をぎゅうぎゅうと抱き締めてくる。

（ちょ、恥ずかしい。恥ずかしいから！）

ギブギブと悲鳴を上げる代わりにロイドの二の腕を叩《たた》きながらも、海里はしみじみと安らいだ気持ちで、ロイドの肌触りのいいジャケットの肩に、ぽすんと額を預けた。

ずっとキリキリ巻き上げられていた感情が、ゆっくりと緩んでいくのを感じる。

久しぶりに舞台に立った自分の演技のことも、ササクラとの掛け合いのことも、感情が昂《たか》ぶって本物の涙を流しながら熱演した李英のことも、安らかに旅立っていった松原茂のことも……それから、さっき別れたばかりの実結との会話も。

幕が下りてから、いや、「ばんめし屋」に帰ってから、ロイドと夏神に話したいことが、山ほどある。

何から話そう。

どうやったら、この胸いっぱいに詰め込まれた色々な想いを、言葉にできるだろう。

どんな言葉を選んだら、今日の日を迎えられたのは、夏神とロイドに出会い、海里自身が変われたおかげだとわかってもらえるだろう。

この大きすぎる感謝の気持ちを、どうしたら上手に伝えられるだろう。

そんなことを考えながら、海里は手を伸ばし、子供のようにしゃくり上げる眼鏡の付喪神《もがみ》の頭を、優しくポンポンと叩いたのだった……。

エピローグ

あ、もしもし、美和さん？　俺だけど。

ちげーわ、こっちもサギじゃなくて、五十嵐海里だよ。

今いい？

や、用ってか、報告ってか。

違うって！　店をクビにされてないし、警察に捕まるようなこともしてない！

そういうことじゃなくて、俺、舞台に出たんだよ。

や、秒で怒らないで！　勝手にタレント活動してるわけじゃないって。

ササクラサケルの舞台の神戸公演に、李英が出ることになったんだよ。

それを見に行ったら、偶然、キャストのひとりが急病で倒れて、ずっと李英の読み合わせの相手をしてた俺が、急遽《きゅうきょ》出ることになったんだ。

みっちり付き合って、台詞《せりふ》、完璧《かんぺき》に入ってたからな。

そう。土壇場で、それこそ楽屋で決まった代役。だから、俺の名前は一切出してない。

地方の自主公演だしさ、メイクもしてたし、前髪上げて眼鏡も掛けたし、わりとガチ変装して出たよ。

俺だって気付いた客は誰もいないんじゃないかな。だから心配しないでよ。

ただ、何も言わないってわけにもいかないと思って、報告はしとくかなと。

ん？　うん、なんか……キンチョーしたけど、楽しかったよ。

美和さんにも見せたかったな～。

は？　別に見たくない？　へーへー、そうですか。

でも、俺は見てほしかったなあ。

たぶん、こないだ美和さんが言ってくれた、昔のがむしゃらな俺が、きっと板に立ってたと思うから。

うん……いや、それはない。

芸能界には、まだ戻らないよ。

なんでって。

うん、楽しかった。袖《そで》にいるときは震えるほど怖かったけど、あとはもう夢中だった。

引っ込んでしばらくしてから、やった！　って気持ちがこみ上げてきた。

でもさ。俺、本当はまだあそこに立つ資格がないとも感じたんだ。

板の上で、李英と、それから何よりササクラさんと絡んで、その気迫っていうか、あ、上手《うま》く言えねえな。

そう、あの二人は、舞台の上で演じてるんじゃない。登場人物の人生を生きてた。

それが全身で感じられたんだ。

俺がよく言ってた、「なりきる」なんてもんじゃない。そんな生やさしいもんじゃなくて、自分が演じる人物の命そのものを背負ってた。

俺にはまだ……そこまでの覚悟ができてない。

今、演劇楽しい！　芸能界に戻ります！　ってやったんじゃ、前と同じことになる。

全然変われてないし、また何かあったらすぐ挫《くじ》けて、逃げ出すと思う。

は？　見直した？　なんで？

ん……まあ、そこまで役者の仕事について真剣に考えたこと、前はなかったよな。

好きだって気持ちは誰にも負けねえなんて言ってたけど、負け放題だったわ。ペラペラだったわ、俺の想いなんて。

でも、いつかは戻りたい。それまでにうんと自分を鍛えたい。

そう、思えたよ。

うん……ありがとな。待ってるなんて言ってくれるの、美和さんとファンの人たちだけだろな。

あっいや。それがいけないんだよな。

待っててくれる人がひとりでもいれば、それは凄《すご》いことなんだ。

うん。……うん。俺は、今の生活をちゃんとする。

だけど、昨日のことは忘れない。一生、忘れないよ。

やっぱ見たかった？　やった！　それ、言わせたかったんだ。

うん……じゃ、また。あ、そうだ。俺さ、昨日……。

ううん、何でもない。仕事の邪魔？　デスヨネー。

気が向いたらまた電話してよ。ん。じゃ。


何だよ、ロイド。

は？　実結さんのこと、なんで言わなかったのかって？

言えば美和さん、気にしただろ。

それに……ああ、決して美和さんのこと信用してないわけじゃないよ。

だけど、俺と実結さんが会ったことを知っちゃったら、酒飲んだときとか、無意識にペロッと口から出ちゃう可能性もあるだろ。

俺と実結さん以外、誰も知らないほうがいい。

あっ、夏神さんとお前は別な。他人に、俺の秘密をベラベラ喋《しゃべ》るような奴じゃないし。

とにかく、用心深いに越したことはないんだよ。

ばーか、実結さんにそこまで気を遣ってるわけじゃねえって。俺がまた、あのひっどいゴタゴタに巻き込まれたくないだけ。

からかうなって！　そりゃまあ、ちょっとくらいは実結さんのことも心配してるけど。

ちげーよ。

実結さんに対する想いが複雑すぎて、本人にもあんまりちゃんと言えなかったんだ。

まして美和さんに、電話で軽く話せるようなことじゃねえ。だから、言わなかった。

許したくないよ、そりゃ。

あんなことがなけりゃ、俺、今もきっと芸能界にいられたもん。たとえ細々でも。

本当のことを言ってくれなかった、事務所と闘ってくれなかった、自分の身だけ守った、そういうことはたぶん、ずっと許せない。

けど、あのまんま芸能界にいて……俺、どうなったかなって、最近はよく思うんだ。

だってあのまま、料理コーナーのお兄さんで一生いけるわけないじゃん。

かといって、あんなチャラッとした態度で、芝居で進歩できるはずもなかった。

しかも、そういうことを真剣に考えることも、きっとしなかったと思う。

遅かれ早かれ、俺、グズグズ落ちていって、ホントにつまんねえ問題起こして、あの世界にいられなくなったんじゃないかと思うんだ。

今、こうして芝居が好きだって気づけたのも、芝居をやりたいって思えるのも、でも今の自分に足りないものがあるってわかったのも、いっぺんあの世界から距離を置いたおかげだよ。

結果論だけど、成長の機会を貰《もら》ったのかもしれない。

あ！　でもそれは、アレだ。

夏神さんや、お前と会えたからだ。

ここに来たからこそ、淡海先生や、奈津さんや、仁木さんとも知り合えた。

こっちに戻ってきて色々あったからこそ、兄貴やお母さんとも腹を割って話せた。

ずっと勝手に誤解して恨んでた二人の、ホントの気持ちがわかった。

俺がいっぱい間違ってたことも、いっぱい愛情を貰って育ったことも、ちゃんとわかった。

ここに流れ着いて、よかった。

いいこと、たくさんあったなって。しみじみ思うんだ。

だから……ちょ、なんでお前が泣いてんだよ。

今から俺が泣こうと思ったのに、先越されたら涙が引っ込むだろ！

空気読めよ、まったく。

ほら、ティッシュ。

でも、俺のために泣いてくれる人たちに出会えたのも、マジで財さ……ちょっと！

何だよ、今のズビズビッて！

夏神さんだろ！　何、襖《ふすま》の外で聞いてんだよ！

ったくもう……。

もう……ありがとな、ふたりとも。

巻末付録

夏のおやつを作ろう

「おい、イガ。冷蔵庫から豚肉出してくれ。そろそろ食ってみようや」

厨房《ちゅうぼう》に下りてくるなりそう言った夏神《なつがみ》に、エプロンの腰紐《こしひも》をギュッと結んだ海里《かいり》は、「あっ、そうだね」と明るい声で応じた。

「楽しみでございますねえ」と、ロイドもニッコリする。

今日は土曜日で店は休みだが、夕方、全員が自宅にいたので、一緒に夕食を作ることにしたのである。

三日前、夏神は、買い出しのついでに特売だった豚の肩ロース肉を買って帰ってきた。そして、五百グラム程度の塊のままのそれに、小さじ一杯強の塩を丹念にすり込み、そのままピッタリとラップフィルムで包んで、さらに密封パックに空気を極力抜いて入れ、冷蔵庫にしまいこんだのである。

いちばんシンプルな、いわゆる塩豚の作り方だ。

「冬場やったら、一週間くらい置いてから料理してもええんやけど、夏やからな。ちょい早めにやっつけてしまおうや」

そんな夏神の言葉に同意しつつ、海里は冷蔵庫を開けた。

「やっつけるって、どう料理すんの？」

「夏場にローストもないもんやから、端っこの塩がよう利いたとこは刻んで炒飯《チャーハン》、残りは塊のまま二、三十分茹《ゆ》でて要らん脂を抜いてから、そこそこの薄切りにして強火でガツンと焼いて、キムチとナムルと韓国海苔《かんこくのり》添えて、サニーレタスに巻いて食うっちゅうんはどうや」

「うわー、サムギョプサルのめっちゃヘルシーなバージョンじゃん、それ。大賛成……って、やべ！」

肉の包みを取り出した海里は、もう一方の手で他のものを持ち、額で冷蔵庫を閉めた。

ロイドは、心配そうに問いかける。

「どうなさったのです？　もしや、お肉が傷んでしまったとか」

「や、肉は見るからに元気。ヤバいのはこっち。賞味期限が昨日だったわ」

肉の包みを夏神に手渡して、海里が二人に示したのは、小振りの紙パック入りの生クリームだった。夏神は訝《いぶか》しげに太い眉《まゆ》をひそめる。

「なんでそないなもん、買《こ》うたんや？」

「やー、割引シール貼ってあったからさ。何か作ろうと思って、特にハッキリしたビジョンもなく、買い物籠《かご》に入れちゃったんだよね」

「安もん買いの銭失いやな」

苦笑いでからから夏神に、「一日くらいなら、ギリいけんだろ。今から何か作るから、銭、失わないし！」と、海里はムキになって言い返す。ロイドは期待の眼差《まなざ》しを主《あるじ》に向けた。

「で、何をお作りになるのです？」

「んー。考えてなかったけど……生クリームを使った料理って気分じゃねえよな」

「確かに、それは冬向きの気が致しますねえ」

「だろ。うーん、じゃあ、なんか冷たいスイーツ。しかもあんまり火とか使わないでいいやつ……あっ、そうだ」

海里はポンと手を打つと、もう一度冷蔵庫を開け、中からジャムの瓶を取り出した。

「テレビの料理コーナーをやってた頃に習った奴。簡単すぎて覚えちゃったレシピがあるんだ。しかも、そこそこオシャレっぽい」

それを聞いて、夏神も塩豚の外側を切り落としながら海里のほうを見た。

「そらまた、おもろそうやな。店の、たまに出すデザートにも使えそうな奴か？」

「使えるかも！　何しろ簡単だからさ。ロイド、とりあえずこの生クリームをでっかいボウルにあけて、砂糖を大さじ三杯入れて、泡立ててくれよ。俺が様子見て止めるまで、全力で」

「生クリームは、すべて使ってよろしいのですか？」

「うん。ホントは二百ミリリットルは多いから半量でやりたいところだけど、使っちゃわないと駄目だからな」

「なるほど！　火を用いない作業でしたら、この眼鏡にどーんとお任せくださいませ」

ロイドはいそいそとステンレスのボウルを持ってきて、海里から受け取った生クリームを豪快に注ぎ入れ、計量スプーンでグラニュー糖を量り入れる。

それを見ながら、海里はブルーベリージャムの蓋《ふた》を開けた。夏神は、不思議そうに問いかける。

「どないすんねん、それ」

「何かフルーツがあるかと思ったけど何もなかったから、このジャムでも使おうかと思って」

「ちゅうか、そもそもロイドに生クリームを泡立てさして、何を作る気やねん」

そう問われて、海里はちょっと得意げかつ気障《きざ》に、それっぽい発音で言い放った。

「セミフレッド！」

夏神は思いきり顔をしかめ、米酢を一気飲みしたような表情になる。

「何やねん、それ。アホみたいな巻き舌で言いよってから。どういう意味や？」

「イタリア語で、『半分凍った』って意味なんだってさ。半解凍で食べるスイーツ」

「ほお。そらホンマに洒落《しゃれ》とんな。アイスクリームとはまた違うんか？」

「アイスクリームは、アイスクリーマーがないと、イマイチな出来上がりになるじゃん？　セミフレッドはそれより簡単だからご家庭向けだって、フードコーディネーターさんが言ってた」

受け売りを正直に白状して、海里は大きめの密閉容器を取り出し、ラップフィルムを敷き込んだ。そして、再び冷蔵庫を開けると、先日、夏神が朝食用に買ってきた、四個パックのヨーグルトを取り出す。

「ねえ、夏神さん。これいくつか使ってもいい？」

「おう、いくつでもええよ」

「サンキュ。んー、加糖タイプで、一個が七十五グラムか。じゃあ、思い切って三個入れちゃってもいいや。だいたい二百グラムくらい入れればいいはずだから」

そう言って一つを冷蔵庫に戻し、海里はがっしょがっしょと元気のいい音を立てて生クリームを泡立てているロイドの手元を横から覗《のぞ》き込んだ。

「おっ、いい感じじゃん。ちょっと、泡立て器で生クリームを掬《すく》ってみ？」

「こうでございますか？」

ロイドは言われるがままに、生クリームの中にいったん挿し入れた泡立て器を、ゆっくりと持ち上げてみせる。象牙《ぞうげ》色のクリームは、すっと角が立つように持ち上がったが、すぐにその先端は曲がり、垂れ落ちてしまった。

それを見て、海里は満足げに頷《うなず》いた。

「おっけ。最高じゃん。俺のストップコール、完璧だな」

「おや、もっとピンと角が立ったほうがよいのでは？」

「それだと硬すぎるんだ。これが、八分立て。今回はこのくらいがいいと思う」

「ほほう。それで、次は？」

「これをざっくり混ぜるだけ」

そう言うと、海里はヨーグルトのパックを開け、次々と中身を生クリームの中にスプーンで掻《か》きだしていく。

「すっかり混ぜてしまってよろしいのでございますか？」

ロイドは、泡立て器でヨーグルトと生クリームを掻き混ぜて均一にしていく。

「そうそう。生クリームとヨーグルトの硬さが同じくらいだから、混ざりやすいだろ？」

「なるほど」

「よーし、そのくらいで。じゃあ、最後は俺がやる」

そう言うと、海里はボウルの中に、瓶の半分ほど残っていたブルーベリージャムをすべて投入してしまった。そして、ゴムべらでごく軽く混ぜて、綺麗《きれい》なマーブル模様にしたものを、さっきの密閉容器に注ぎ入れた。

「たっぷりできちゃったから、不出来でも根性で片付けて貰《もら》わなきゃな」

そう言いながら、容器に蓋をして、冷凍庫に入れる。

「これで、三時間ほど冷やし固めたら完成！　飯食って、風呂《ふろ》から上がる頃には食えるって寸法」

「はあ、見事に火を使わずに完成致しましたなあ」

「だからこそ、作ったらとっとと食わなきゃダメだけどな。夏にはいいだろ」

「夏によろしく、眼鏡にもよろしいデザートでございます」

ロイドはニコニコしながら、洗い物に取りかかる。なかなか甲斐甲斐《かいがい》しい働きぶりだ。

夏神は感心した様子で二人の作業を見ていたが、鍋《なべ》の湯が沸騰したところに塩豚を入れると、冷蔵庫を指さした。

「ほな、そろそろ肝腎《かんじん》の晩飯のほうを手伝ってくれや。キムチは冷蔵庫にあるから刻んで、あとは、モヤシと人参でナムルにしょっか」

「おっけ。明日《あした》も休みだから、ちょっとだけおろしニンニク使っちゃう？」

「ええよ。どのみち、茹でた塩豚を切って焼くときに、低臭ニンニクを薄う切ってカリカリに焼き付けたろうと思うとったとこや」

「いいね～！　夏のスタミナ飯！」

夏神と一緒にプライベートな料理をすると、店の仕込みとはまた違う局面で学ぶところが多い。海里は嬉《うれ》しそうに、冷蔵庫から大袋入りのモヤシを引っ張り出した……。


その夜。

夏神に続いて入浴した海里が茶の間に戻ってくるのを待ちかねて、ロイドはワクワクした面持ちでこう言った。

「我が主！　そろそろよろしいのでは？」

「あ？」

「冷凍庫で我等に食されるのを待っている、素敵なデザートでございますよ」

「ああ、セミフレッド」

海里は、壁に掛けられた昭和感漲《みなぎ》るアナログ時計をチラと見てから頷いた。

「そうだな。あれから四時間経ってるから、そろそろいいはず。晩飯もいい具合にこなれたし……夏神さん、酒飲んじゃってるけど、甘いもんも食える？」

Ｔシャツにハーフパンツというくつろいだスタイルで、発泡酒を飲みながらプロ野球のナイター中継を観ていた夏神は、さも当然といった顔つきで頷いた。

「俺は、ケーキでも饅頭《まんじゅう》でも酒が飲めるほうやで。アイスなんか楽勝や」

「アイスじゃなくてセミフレッド。じゃあロイド、ちょっと行って取ってこいよ」

「承知致しました！」

入浴の必要がないのでスーツ姿のままのロイドは、軽やかな足取りで階下の厨房《ちゅうぼう》へ向かう。

まだ濡《ぬ》れた髪を肩に掛けたバスタオルで雑に拭《ふ》きながら、海里は二階の簡易キッチンにある小さな食器棚を開け、ケーキ皿を三枚とティースプーンを三本、それにまな板と包丁を持って、茶の間に戻ってきた。

卓袱《ちゃぶ》台《だい》に置かれたそれらをチラと見て、夏神は不思議そうな顔をする。

「まな板と包丁？　アイスやったら、でっかいスプーンでええん違《ちゃ》うんか？」

「アイスじゃなくてセミフレッドだってば。まあいいから、見てなよ」

海里は秘密めかしてそう言うと、ちょっと得意げな笑みを浮かべる。夏神が口を開く前に、ロイドが密閉容器を大事そうに抱えて駆け戻ってきた。

「お待たせ致しました！　さあ、いただきましょう」

そう言って、卓袱台に容器を置き、自分もきちんと正座したロイドに、海里はすまし顔で命じた。

「五分待て」

「なんと！　それはあまりに酷なお預けなのでは」

たちまち情けない顔をするロイドに、海里は思わず噴き出す。

「別に嫌がらせをしてるわけじゃねえって。こいつはすぐ溶けるから、五分くらいおけば、ちょうど食い頃になるんだよ」

「ははあ、なるほど。それならば、耐えるべき試練でございますな」

「五分くらい、試練でも何でもないだろ。タイガースの攻撃が終わるくらいまで待てば、ちょうど五分だよ」

入浴しているあいだに夏神が持ってきてくれていたチューハイの缶をプシュッと開けて、旨《うま》そうに飲みながら海里は軽い調子でそう言った。だが夏神は、辛気くさい顔と声で、こう言い返す。

「いんや、阪神《はんしん》の攻撃は五分も保《も》たん」

「ちょ、なんでこう、夏神さんも店の常連さんも、タイガースファンはそう悲観的なわけ？」

「これまでの積み重ねや。阪神ファンでおるには、忍耐力と諦《あきら》めの早さ、それでも尽きん愛情が求められるねん」

「マジか。阪神タイガースのファンでいるって、けっこうな苦行なんだな……あっ」

三人が見つめる中、テレビの画面では、相手チームのエラーにより、阪神タイガースの打者が一塁ベースを悠々と踏んだ。片手を軽く上げ、ファンにアピールしている。

「出塁したじゃん！　五分、保つかもだよ」

「いやいや、この出塁を生かされへんのが阪神や」

「そこは希望を持とうって！　夏神さん、ネガティブ過ぎ」

「あかんあかん、希望なんか持つもん違う」

「ああもう、何だよ、その陰気な野球観戦」

そんな二人のやり取りをサラリと聞き流し、ロイドは密閉容器に入ったセミフレッドと壁掛け時計を、まるで本当にお預けを食った犬のような顔で見比べ続けている。

やがて、次の打者が夏神の予想どおりダブルプレーに打ち取られ、その次の打者がキャッチャーフライに終わり、夏神がガックリ肩を落として「な？」と海里に言ったところで、ロイドは厳かに宣言した。

「五分が経過致しました！」

「ん……まあ、ギリ、タイガースの攻撃が終わったとこだったじゃん？　よく頑張ったよ」

海里は気の毒そうにそう言いつつ、密閉容器を取り上げ、両手で全体を軽く温めてから、中身と容器の境に軽く包丁の刃先を差し入れ、見事にポコンとセミフレッドをまな板の上に取り出した。

「おお！」

ロイドが歓声を上げる。

セミフレッドは、確かに早くも周りから溶け始めていた。

「これを、こうして……」

海里は密閉容器の形のままに四角く凍ったセミフレッドを指先で押さえ、包丁でパウンドケーキのように切り分けて、分厚い一切れずつを皿に盛りつけた。

「ほー。ブルーベリーの紫と、生クリームの白が、ええコントラストやな。テリーヌみたいやないか」

すっかりナイターを諦めた夏神は、卓袱台に近づき、海里が差し出した皿を受け取った。無論ロイドは、既にスプーンを握り締めてスタンバイ完了である。

「ほんじゃ、食いますか。いただきまーす」

海里の音頭で、他の二人も「いただきます！」と皿の上のセミフレッドにほぼ同時にスプーンを入れた。

生クリームを使っているので本来は濃厚なはずだが、軽く泡立て、ヨーグルトをたっぷり合わせてあるので、口溶けがよく、後味も実にさっぱりしている。ブルーベリーの酸味が適度なアクセントになって、スプーンがどんどん進む。

「これはええな、アイスクリームっちゅうより、フローズンヨーグルトに近い感じがする。生のフルーツを入れてもええんやろ？」

夏神の質問に、海里は、首を傾げながらも頷《うなず》いた。

「たぶん。俺がテレビで作ったときは、バナナ入れてた。フォークで潰《つぶ》して、混ぜ込んだ。今日作った奴より、ちょっとリッチな感じになってた」

「なるほどな。チェリーやらオレンジやら、パインやらを入れても旨そやな」

「あー、いいかも。じゃあ、店のデザートに採用？」

海里の問いかけに、夏神はザンバラ髪を片手で掻《か》き上げ、ニヤッと笑って頷く。

「せやな。生クリームが特売のときに、お前が作るんやったら採用や」

「オッケー、作る作る！」

「わたしもお手伝い致しますよ！　というより、海里様。いっそ、わたしにお任せいただいてもよろしいのでは？　今日も、ほぼわたしがお作りしたようなものなのでは？」

ロイドは胸に手を当て、ずいと身を乗り出す。夏神と海里は、顔を見合わせた。

「そういや、全然火を使わないんだから、ロイドひとりでも作れるんじゃね？」

「ホンマやな。ほな、この……何やったっけ」

く。

「セミフレッド」

「……は、ロイドの担当っちゅうことにするか」

夏神はロイドの肩をポンと叩《たた》き、「頼んだで」と言った。たちまち、ロイドは活気づく。

「お任せくださいませ！　それでは、いつお客様にご提供致しましょうか。月曜日？　それとも火曜日に？」

「……生クリームの特売とか待ってる場合じゃなさそうだよ、夏神さん」

海里は肩を竦《すく》め、夏神は諦めの表情で、軽い溜《た》め息《いき》をついてからこう言った。

「せやな。ロイド、しゃーないから明日《あした》にでもイガと二人で買い出し行って、月曜日にお客さんに出せるよう、ようけえ作っとけ」

「畏《かしこ》まりましたっ！」

史上初、眼鏡特製デザートを提供するその瞬間を早くも想像したのか、ロイドは茶色い目を輝かせ、薄っぺらい胸をどんと叩いたのだった……。

ども、海里です！　今回は、夏神さんに習った料理を二つ、ご紹
「ポテト・ケイク」は、色んな料理の付け合わせに使えるから、是
覚えておいて。ここではアレンジバージョンも紹介するよ。「里芋の
ッケ」はちょっと手が掛かるけど、その分、旨さは折り紙付き。店で
こっぷりの油で揚げてるけど、ご家庭用なら、小さく作って少なめの
ご揚げても大丈夫！　具は全部、揚げる前にしっかり火が通って
から、実は失敗しにくい安心メニューだよ。是非お試しを！

イラスト／くにみつ

んこ亭」の師匠直伝、アレンジ自在のポテト・ケイク

才料（2〜4人前）

ガイモ　中4個
食べたい量に合わせて個数は調節して。この料理には、メークイン系がおすすめ！

胡椒　適量

ダ油　大さじ2
米油でもオリーブオイルでも、何でもOK。焼いているうちに不足してきたら足せるように、多めに用意しておいてね

ルメザンチーズ、コーン、ベーコン、グリーンピースなど

作り方

ジャガイモを綺麗に洗って、芽を取って、
を剝こう。ジャガイモの芽には毒があるか
そこは丁寧に。ピーラーを使うと話が早い

ジャガイモの半量を、マッチ棒くらいの細
りにしよう。まずは薄切りにして、それを何
か重ねて細く切っていくといい。残りの半
は、できたら少し粗めのおろし金ですり下
そう。
ボウルに❷を入れて、塩胡椒して、好み
具を加えよう。作中ではパルミジャーノ・
ッジャーノだけだったけど、他のチーズで
色んな具を入れても、ジャガイモはどーん
受け止めてくれるから大丈夫！　でも、あん
り大きな具はダメだよ。小さく切るなり潰す
りしてから、入れてくれよな。

❹フライパンに油を引いて、よく混ぜ合わせた❸を焼き始めよう。火加減は中火。大きさは自由だけど、あんまり大きいと返すのが大変だから、ディナースプーンにたっぷりすくってフライパンに置いて、平たく伸ばすくらいの感じがおすすめかな。一口大にちまちま焼くのも、小さい子が手づかみで食べられて楽しいよ。
❺両面を多めの油でパリッと揚げ焼きにしたら、完成！　ペーパータオルを敷いた皿で余分な油を切ったら、熱々のうちに食卓へ運ぼう。肉料理や魚料理の付け合わせは勿論、ちょっとした軽食やおやつにもピッタリ。俺の好みは、パルメザンチーズとコーンと、軽く刻んだ枝豆。色合いが綺麗だし、オシャレな酒の肴になるよ。

「ばんめし屋」の人気メニュー、しっかり味の里芋コロッ

★材料(3～4人前)

里芋　550～600gくらい

芋の大きさにもよるけど、小芋なら7～8個ってところかな。皮を剥いてある冷凍品を使うなら、もっと少なくてOK。ここは厳密でなくてもいいから、ざっくりいこう

鶏挽き肉　100gくらい

モモでもムネでもいいよ。実は豚でも合い挽きでも牛でもOK。鶏がいちばんあっさり食べられると思う

タマネギ　1/2～1個　ここも、量は気分とお好みで!

砂糖　大さじ1

醬油　大さじ1

みりん　大さじ1/2くらい

小麦粉　50gくらい

パン粉　適量　少し粒が細かいほうが、こ
コロッケには合います

揚げ油　適量

★作り方

❶まずは、鶏挽き肉をフライパンで炒めよう。ノンスティック加工の鍋なら、特に油は必要ないよ。おおむね火が通ってパラッとしてきたら、みじん切りのタマネギを投入。お好みで、おろし生姜や白ごまなんかをちょっと足しても旨い。全体が馴染んだら、砂糖、醬油、みりんを入れて、弱火で味を含ませよう。途中で味見して、好みの甘じょっぱさに調節してね。汁気がほとんどなくなるまで煮詰めよう。焦げ付かせないように、時々掻き混ぜて。

❷❶を煮詰めている間に、里芋に火を通そう。里芋を綺麗に洗って、両端を切り落とす。あとは蒸してもいいし、茹でてもいいし、ラップフィルムで包んで、電子レンジ(600W)で10～15分、様子を見ながら加熱するのでもいい。目安は、皮の上から指先で押したら、ぷにっと柔らかく凹むくらい。加熱が済んだら、熱いうちにペーパータオルや濡れ布巾なんかを使って、皮を剝こう。夏神さんみたいな勇者は素手で! 加熱が上手くいっていればスルッと剝けて楽しいし、手も痒くなりにくいよ。でも、火傷には気をつけて。

❸熱々のうちに、里芋を潰す。マッシャーを持っていればそれが一番だし、しゃもじや大きなフォーク、すりこぎでも挑めると思う。好みの状態まで潰したら、❶の具を加えて、混ぜ合わせる。これで、コロッケの中身は完成!

❹❸の粗熱が取れたら、軽く濡らした素手
小さな球形に成形していこう。最初はちょ
里芋の粘りに手こずるかもしれないけれど
を濡らすのがコツ!　もし、滅茶苦茶緩い生
が出来てしまったら、バットに入れて、冷凍
軽く冷やして固くしてから、この作業をしよ
親指と人差し指で作った輪っかに入るく
のサイズが目安だよ。

❺小麦粉を水で少しずつ溶いて、ぽたい
もったり落ちるくらいの衣を作ろう。天ぷらの
くらいの濃度がいいね。そこに、丸めたコロ
の具を一つずつ入れて、まんべんなくつけ
そうしたらすかさずパン粉の上に置いて、し
りパン粉をまぶし付ける。押さえすぎたら凹
じゃうから、優しくね。

❻揚げ鍋がある人は、そのまま普通に揚
くれればいい。フライパンや小鍋で、という
なら、1センチくらいの深さに油を張って揚げ
きもできるよ。180度くらいのやや高温の
で、短時間にカリッと揚げるのがコツ。時間
かけると破れやすいから、油が十分に熱く
てから、コロッケを入れてくれよな。衣が固
るまで、絶対に箸で触らないこと。ちなみに、
に菜箸の先を入れてみて、全体からシュワ
すぐ泡が立ったらだいたい180度くらいだ
ら、参考にして。
油をよく切って、可愛く積み上げて召し上が

本書は書き下ろしです。

この作品はフィクションです。実在の人物、団体等とは一切関係ありません。

最後《さいご》の晩《ばん》ごはん

かけだし俳優《はいゆう》とピザトースト

椹野道流《ふしのみちる》

平成30年 6月25日　初版発行

発行者●郡司 聡

発行●株式会社KADOKAWA
〒102-8177　東京都千代田区富士見2-13-3
電話 0570-002-301（ナビダイヤル）

角川文庫 20998

印刷所●株式会社暁印刷　製本所●株式会社ビルディング・ブックセンター

表紙画●和田三造

ISBN978-4-04-106883-0　C0193

角川文庫発刊に際して

角川源義

第二次世界大戦の敗北は、軍事力の敗北であった以上に、私たちの若い文化力の敗退であった。私たちの文化が戦争に対して如何に無力であり、単なるあだ花に過ぎなかったかを、私たちは身を以て体験し痛感した。西洋近代文化の摂取にとって、明治以後八十年の歳月は決して短かすぎたとは言えない。にもかかわらず、近代文化の伝統を確立し、自由な批判と柔軟な良識に富む文化層として自らを形成することに私たちは失敗して来た。そしてこれは、各層への文化の普及滲透を任務とする出版人の責任でもあった。

一九四五年以来、私たちは再び振出しに戻り、第一歩から踏み出すことを余儀なくされた。これは大きな不幸ではあるが、反面、これまでの混沌・未熟・歪曲の中にあった我が国の文化に秩序と確たる基礎を齎らすためには絶好の機会でもある。角川書店は、このような祖国の文化的危機にあたり、微力をも顧みず再建の礎石たるべき抱負と決意とをもって出発したが、ここに創立以来の念願を果すべく角川文庫を発刊する。これまで刊行されたあらゆる全集叢書文庫類の長所と短所とを検討し、古今東西の不朽の典籍を、良心的編集のもとに、廉価に、そして書架にふさわしい美本として、多くのひとびとに提供しようとする。しかし私たちは徒らに百科全書的な知識のジレッタントを作ることを目的とせず、あくまで祖国の文化に秩序と再建への道を示し、この文庫を角川書店の栄ある事業として、今後永久に継続発展せしめ、学芸と教養との殿堂として大成せんことを期したい。多くの読書子の愛情ある忠言と支持とによって、この希望と抱負とを完遂せしめられんことを願う。

一九四九年五月三日